Unersättliche Begierden

Lisa Stern

Unersättliche Begierden

Bibliografische Information der Deutschen Nationalbibliothek
Die Deutsche Nationalbibliothek verzeichnet diese Publikation in der Deutschen Nationalbibliografie; detaillierte bibliografische Daten sind im Internet über http://dnb.d-nb.de abrufbar.

© 2020 Lisa Stern
Herstellung und Verlag: Books on Demand GmbH, Norderstedt
ISBN: 9783751953702

Cover-Foto: Lizenz von ClipDealer

1. Kapitel

Das 17. Lebensjahr fing für mich sehr traurig an. Kurz nach meinem 16. Geburtstag verunglückte meine Mutter auf tragische Weise bei einem Verkehrsunfall. Auf der Fahrt von ihrer Arbeitsstelle nach Hause verlor sie auf regennasser Straße die Gewalt über ihren Wagen, kam ins Schleudern, knallte gegen einen Baum und verstarb noch an der Unfallstelle. Sie war nicht angeschnallt. Der Grund für diese Fahrlässigkeit ist uns bis zum heutigen Tag ein Rätsel.

Für meinen Vater, als auch für mich, war der Tod meiner Mutter ein großer Schock. Von heute auf morgen verloren wir ein geliebtes Familienmitglied. Wir brauchten sehr lange, um einigermaßen darüber hinwegzukommen. Jeder Gegenstand in der Wohnung und jeder noch so kleine Platz erinnerten uns unentwegt an sie. Letztendlich beschlossen wir, in eine andere Stadt zu ziehen und einen Neuanfang zu wagen. Vater fand schnell eine neue Arbeit und ich neue Freunde in der Schule. Zuvor verkauften wir unser Haus und mieteten uns erst einmal ein Häuschen am Stadtrand.

*

Inzwischen war ich ein Jahr älter geworden aber noch immer in der Pubertät. Aus dem kleinen, niedlichen, blonden Jungen wurde langsam ein hübscher junger Mann. Immer intensiver begann ich mich für das weibliche Geschlecht zu interessieren. Wenn da nur nicht diese verdammte Schüchternheit gewesen wäre. Ich hatte regelrechte Hemmungen in der Disco, auf der Straße oder wo auch immer, Mädels anzusprechen. So spielte sich damals meine Sexualität nur abends allein unter der Bettdecke ab, wobei mir bunte Pornoheftchen inspirierende Gesellschaft leisteten. Zu jener Zeit wusste ich noch nicht, dass eine große Veränderung in meinem Leben unmittelbar bevorstand.

Als ich eines Tages spät abends von einem Kinobesuch nach Hause kam, saß eine Frau neben meinem Vater auf der Couch.

„Hallo David", stellte mein Vater sie vor, „das ist Katja, eine gute Freundin. Katja, das ist David, mein Sohn."

„Hi, David, ich freue mich, dich endlich kennenzulernen", gab mir Katja lächelnd die Hand und schaute mir in die Augen. Ich nickte nur, ohne auch nur eine Miene zu verziehen, so überrascht war ich. Vater hatte plötzlich eine neue Freundin, etwa eine neue Geliebte? Er hatte nie zuvor etwas in dieser Richtung erwähnt. Diese Beziehung schien ja bereits etwas länger zu laufen, ansonsten hätte Katja das Wörtchen *endlich* nicht benutzt.

„Ja", sagte ich nur und ohne jegliche emotionale Regung. „Ich freue mich auch. Ich werde dann mal ins Bett gehen, muss morgen früh raus."

Schnurstracks ging ich in mein Zimmer. Doch Katja ging mir seitdem nicht mehr aus dem Sinn. Sie sah meiner Mutter sehr ähnlich, hatte brünette, halblange und etwas lockige Haare, mit einem für die 80er Jahre typischen VOKUHILA-Schnitt. Für diejenigen, die damit nichts anzufangen wissen: Vorn kurz und hinten lang. Katja war sehr hübsch und durch ihre schlanke, aber trotzdem weibliche Figur, sah sie sehr sexy aus. Kurz gesagt, sie hatte diese typisch weiblichen Rundungen, die die meisten Männer so sehr mögen, wohl auch mein Vater. Ich schätzte Katja damals auf Mitte Dreißig, bis ich später erfuhr, dass sie bereits 42 Lenze zählte und eine erwachsene Tochter hatte, die in England studierte.

Ich war zwar etwas überrascht, dass Vater mir so plötzlich seine neue Freundin präsentierte, aber irgendwie musste sein Leben ja wieder in Ordnung kommen. Er konnte ja nicht bis an sein Lebensende ohne einen Partner weiterleben. Ich glaube, es war gerade die richtige Zeit dafür. Mit anderthalb Jahren hatte er genügend Abstand zum Tod seiner Frau und meiner Mutter gefunden. Einerseits freute ich mich für ihn, andererseits überkam mich eine leichte Eifersucht. Ich hatte Angst, meinen Vater an diese Person, die vielleicht irgendwann einmal meine neue Mutter werden würde, zu verlieren. In der Zeit nach dem Tod meiner Mutter sind mein Vater und ich beste Freunde geworden und das sollte auch so bleiben.

Seit diesem Tag war Katja etwa jeden zweiten Tag bei uns, fuhr jedoch abends immer nach Hause. Trotz anfänglicher Bedenken und Eifersüchteleien freundete ich mich schnell mit Katja an. Sie muss einen Narren an mir gefressen haben, denn sie war ausgesprochen nett zu mir und las mir jeden Wunsch von den Lippen ab, fast wie Mutter damals, als ich noch ein Kind war.

*

Nach ein paar Wochen, es war Samstag, übernachtete sie das erste Mal bei uns. Als ich gegen ein Uhr aufwachte, weil ich mal dringend auf Toilette musste, hörte ich Geräusche im Schlafzimmer meines Vaters. Natürlich konnte ich als siebzehnjähriger Junge die Ursache der Geräusche erahnen. Sie trieben es miteinander, aber heftig. Ich horchte kurz an der Tür. Sie flüsterten. Es war kein Blümchensex, den sie da veranstalteten. Es fielen Worte wie: Tiefer, fester, leck mich Uwe, spritz mir ins Gesicht, usw. Solche Worte hatte ich von meinem Vater noch nie gehört. Weshalb auch?

Schamesröte stieg mir ins Gesicht. Da war sie wieder, diese Eifersucht auf meinen Vater. Oder hatte ich mich etwa auch in Katja verliebt? In dieser Nacht lag ich lange wach und dachte über uns drei nach.

Am nächsten Morgen frühstückten wir gemeinsam. Katja schaute mich währenddessen wiederholt an und lächelte verschmitzt, so als konnte sie ahnen, dass ich von ihren nächtlichen Begierden etwas mitbekommen hatte. Vater schien nichts bemerkt zu haben. Er hatte nur Augen für seine Katja, die er allem Anschein nach über alles liebte.

*

Etwa zwei Wochen später, an einem Wochenende im Mai, fuhren wir wieder einmal auf unser Wochenendgrundstück aufs Land. Zum ersten Mal war Katja mit dabei und ich war gespannt, wie das wohl zu dritt werden würde. Meine anfänglichen Bedenken wurden bald zerstreut und ich begann, mich an Katja zu gewöhnen und sie in mein Herz zu schließen. Eigentlich begann alles damit, dass wir gleich am ersten Tag einen Badesee besuchten. Bei für diese Jahreszeit ungewöhnlichen mehr als dreißig Grad im Schatten konnte man es woanders kaum aushalten.

Wir packten einen Picknick-Korb und machten uns auf den Weg. Den See konnten wir von unserem Wochenendgrundstück aus in wenigen Minuten zu Fuß erreichen. Schnell fanden wir ein schattiges Plätzchen und machten es uns gemütlich.

Ich liebe diesen See weil er nicht so überfüllt ist. Er liegt etwas abseits der Zivilisation, wie man salopp sagen würde. Trotzdem waren wir nicht die einzigen

Badegäste. Die Anderen tummelten sich jedoch in ausreichender Entfernung, sodass wir relativ ungestört waren.

„Wer möchte mir den Rücken eincremen?", fragte Katja nachdem sie sich rasch bis auf ihren knappen rosafarbenen Bikini ausgezogen hatte.

„David, kannst du das bitte übernehmen?", bat mich Vater. „Ich habe eine kleine Verletzung an meiner rechten Hand und möchte nicht, dass Sonnencreme an das Pflaster kommt."

„Natürlich, mach ich doch gern", freute ich mich.

Katja legte sich auf den Bauch und öffnete die Träger ihres Bikini-Oberteils auf dem Rücken. Ich drückte etwas Sonnenmilch aus der gelben Plastik-Flasche und verteilte sie mit beiden Händen so gut es ging gleichmäßig auf ihrem Rücken, solange, bis die Creme einigermaßen eingezogen war. Ich genoss es, ihre weiche Haut sanft zu massieren und mein Vater schaute mir neidisch dabei zu.

„Und nun noch die Beine, bitte, bitte David, du machst das wunderbar", bettelte Katja.

Diesen Wunsch konnte ich ihr doch nicht abschlagen und schaute Vater fragend an.

„Mach nur", sagte er, „du bist einmal dabei. Ich kann sowieso nicht."

Ich wiederholte die gleiche Prozedur, jedoch diesmal an ihren langen, schlanken Beinen. Wieder arbeitete ich mit beiden Händen. Katja hatte ihre Beine extra etwas gespreizt, sodass ich die Sonnencreme besser an den Innenseiten ihrer Schenkel verreiben konnte. Immer wieder schaute ich hinauf an die Stelle, an der ihr Bikinihöschen kaum ihren Intimbereich bedeckte. Ich stellte mir vor, wie der Anblick wohl ohne Höschen wäre, wenn sie mir unverhüllt ihre Scham präsentieren würde. Einmal berührte ich sie sogar unabsichtlich an einer Stelle in der Mitte ihres Höschens, hinter der sich ihre Schamlippen versteckten. Ich vernahm einen leisen Seufzer, den sie zu unterdrücken versuchte. Diese Situation erregte mich derart, dass sich in meiner Badehose rasch eine kleine Beule bildete, welche auch Vater bemerkte und daraufhin meine Aktivitäten abrupt unterbrach.

„Ich glaube, wir sollten uns erst einmal etwas frisch machen", schlug er vor.

„Oh, nein", wehrte Katja ab, „David hat mich gerade so schön eingecremt. Das wäre sonst alles für die Katz. Lass uns noch ein halbes Stündchen warten, bis die Creme eingezogen ist, dann gehen wir. Okay?"

„Meinetwegen", grummelte Vater.

Man merkte, dass er etwas ungehalten war. Die nächste halbe Stunde war Schweigen im Walde angesagt. Katja döste mit geschlossenen Augen vor sich hin und Vater las in einer mitgebrachten Männer-Zeitschrift.

Es war eine ziemlich angespannte Situation, an der ich mich etwas schuldig fühlte. Mit einem „Los, lasst uns jetzt endlich in Wasser gehen!" versuchte ich die Stimmung wieder in richtige Bahnen zu lenken.

Katja schreckte sofort hoch, wobei sie vergaß, dass sie die Träger ihres Oberteiles noch nicht wieder geschlossen hatte. Ich schmunzelte und genoss den Anblick ihrer wohlgeformten, straffen Brüste. Peinlich schien es ihr scheinbar nicht gewesen zu sein.

„Oh, sorry. Hab' ich ganz vergessen. Uwe, hilf mir doch mal."

Schnell machte Vater eine Schleife in Katjas Bikini-Oberteil und wir konnten uns auf den Weg ins kühle Nass machen.

„Wer zuerst drin ist", rief ich und wir rannten los, wie kleine, spielende Kinder. Im Wasser angekommen, änderte sich Vaters Stimmung im Handumdrehen. Er war sofort wieder der Alte und es kehrte Normalität ein. Gott sei Dank.

Nachdem wir uns endlich das erste Mal im Wasser erfrischt hatten, hatten wir mächtigen Hunger. Wir verspeisten unseren in der Kühlbox mitgebrachten leckeren Kartoffelsalat und dazu Wiener Würstchen.

Ich spürte, dass mich Katja mehr und mehr akzeptierte, ja dass sie mich mochte. Immer, wenn sie mich ansah, sah ich ein gewisses Funkeln in ihren Augen. Und das bildete ich mir nicht nur ein.

Es war ein schöner Tag und zum ersten Mal hatte ich den Eindruck, dass Katja sich einen festen Platz in unserer kleinen Familie erobert hatte. Erst am späten Abend, als bereits das Abendrot den Himmel rot färbte, machten wir uns wieder auf den Heimweg.

*

Wenige Wochen später war es dann soweit, Katja zog bei uns ein. Mein Vater hatte sich recht schnell für ein gemeinsames Leben mit ihr entschieden. Die Beiden verstanden sich wirklich sehr gut und auch ich akzeptierte Katja als neues Familienmitglied, ja ich hatte mich sogar ein wenig in sie verknallt. Und so dauerte es nicht lange bis mir das erste „Mutti" rausrutschte. Katja freute sich natürlich sehr über diesen Liebesbeweis, umarmte mich und gab mir einen Kuss auf die Wange. Sie drückte mich fest an sich und wir hatten, bis auf das Eincremen am Badesee, zum ersten Mal engeren Körperkontakt.

Abgesehen von den 30 Tagen Urlaub im Jahr, musste Vater jeden Tag frühmorgens zur Arbeit fahren. Er hatte eine leitende Position in einer Firma, die CNC-Maschinen produzierte und war oft tagelang auf Dienstreisen, auch im Ausland. Sogar bis nach Asien führten ihn seine Reisen. Deshalb war ich oft mit Katja allein zuhause.

Katja hingegen war freiberuflich tätig und arbeitete im Außendienst für eine Versicherung. Dadurch war sie öfter mal morgens oder nachmittags zuhause. Je nachdem, wie ihre Termine lagen. Sie konnte sich ihre Arbeits- und Freizeit recht gut einteilen. Bedingt durch meine Schulzeit am Gymnasium und der damit verbundenen Ferien, verbrachte ich somit viel Zeit mit Katja. Sie versuchte, so gut sie nur konnte, meine verstorbene Mutter zu ersetzen und verwöhnte mich bei jeder Gelegenheit. Dabei kam es aber auch zu einigen pikanten Situationen, wie dieser:

Eines Morgens öffnete ich nichtsahnend die Tür zum Bad, sie war nicht verschlossen. Als ich Katja nackt und pitschnass vor der Dusche stehen sah, verfiel ich regelrecht ich eine Schockstarre. Ich wusste in diesem Augenblick nicht, wie ich reagieren sollte. Katja dagegen, schien es wenig auszumachen.

„Guten Morgen David. Heute schon so zeitig aus den Federn?" fragte sie mit lauter Stimme.

Während sie mit mir redete, trocknete sie sich weiter ab. Ich schaute sie stumm von oben bis unten an. Meine Augen wanderten von ihren Brüsten hinunter zwischen ihre Schenkel, wo sich ein schwarzes Dreieck von Schamhaaren befand. So vollkommen unbekleidet hatte ich noch nie eine Frau gesehen, jedenfalls nicht in natura.

„Was schaust du so? Hast du noch nie eine nackte Frau gesehen?" fragte Katja erstaunt.

„Doch, doch", antworte ich, „aber …"

„Aber?"

„Nicht so live und ..."

Ein anderes Wort als *live* fiel mir nicht ein.

„Oh, und wie sehe ich ... live ... aus?" wollte Katja genauer wissen.

„Fantastisch. Du siehst fantastisch aus", stammelte ich.

„Danke. Wenn du genug live gesehen hast, dann mache bitte wieder die Tür zu. Ich muss mal dringend pieseln."

„Okay, mache ich", nickte ich.

Mir war es peinlich, sie in dieser Situation angetroffen zu haben. Aber was sollte ich tun? Die Tür war nicht abgeriegelt. Ich konnte ja nicht wissen, dass Katja gerade im Bad war. Schnell schloss ich die Tür und ging wieder in mein Zimmer. Dort kam mir eine geniale Idee. Ich schlich mich zurück an die Badezimmertür und schaute durch das Schlüsselloch. Ich hatte unmittelbar das Toilettenbecken im Blick. Katja war gerade dabei, sich auf die Brille zu setzen. Sogleich hörte ich ein Zischen und Plätschern, welches ein paar Sekunden anhielt. Doch was war das? Katjas rechte Hand wanderte hinunter zu ihrem schwarzen Dreieck. Intimrasuren waren damals noch nicht so verbreitet. Sie öffnete etwas ihre Schenkel und mit dem Mittelfinger ihrer Hand rubbelte sie an ihrer Möse. Ihre Schamhaare verdeckten jedoch alles und ich konnte nur erahnen, was sie da tat. Ab und zu verschwand ihr Mittelfinger gänzlich in ihrer Vagina. Mir schoss das Blut in meinen Penis, der zugleich zu enormer Größe anwuchs.

Ich hörte, wie Katja immer schneller und lauter atmete. Ab und zu war ein leises Stöhnen zu erahnen. Doch meine Ungeschicktheit bereitete Katjas Treiben schnell ein jähes Ende. Irgendwie stieß ich unabsichtlich mit meinem Kopf an die Badezimmertür und Katja erschrak.

„David, willst du rein?", fragte sie zugleich und beendete schlagartig ihre sexuellen Aktivitäten.

„Ja, ja, ich muss mal dringend", log ich sie an.

„Bin gleich fertig", rief sie mir zu, „nur noch einen kleinen Augenblick."

Ich vernahm die Toilettenspülung und fast im gleichen Moment öffnete sie die Tür. Nur mit einem Badehandtuch umwickelt trat sie aus dem Bad.

„Kannst rein, bin jetzt fertig."

Ich hielt beide Hände vor meine Hose, denn immer noch hatte ich eine enorme Erektion.

„Katja schaute verwundert auf meine Hände und ihr verschmitzter Gesichtsausdruck verriet mir, was sie dabei dachte.

Gern hätte ich in diesem Augenblick an ihrer Hand gerochen, die sie sich in der Kürze der Zeit sicher nicht gewaschen hatte. Auch wollte ich zu gern wissen, wie sich eine Vagina anfühlt, wie sie riecht, wie sie schmeckt und welch ein Gefühl es ist, wenn ich mit meinem Penis in eine solche eindringe. Doch mit Katja würde ich dies wohl nicht erleben, dachte ich. Immerhin war es die Freundin meines Vaters. Sie war nur ein Objekt der Begierde für mich. Bei ihr konnte ich mir nur Appetit holen, aber *essen* musste ich woanders. Doch es gab kein woanders. Ich war verzweifelt. Was sollte ich nur tun? Ich sehnte mich so sehr nach richtigem Sex.

2. Kapitel

Inzwischen war es Sommer geworden, ein heißer Sommer. So auch an diesem Mittwoch im Juli. Mein Vater war auf Arbeit. Ich schlief an diesem Tag etwas länger, denn am Vortag war ich bei einer Party. Ein Freund feierte seinen 18. Geburtstag. Als ich nach dem Duschen in die Küche kam, saß Katja, nur mit einem T-Shirt bekleidet, am Tisch, ungeschminkt und ungekämmt. So hatte ich sie noch nie gesehen. Aber auch in diesem Zustand sah sie recht schnuckelig aus. Vor ihr stand eine halbvolle Tasse Kaffee und in den Händen hielt sie eine Frauenzeitschrift.

„Guten Morgen David, so zeitig habe ich dich gar nicht erwartet", scherzte sie schmunzelnd ohne von ihrer Lektüre aufzuschauen. „Ich habe mich noch nicht einmal zurechtgemacht."

„Morgen. Hmmmm", murmelte ich nur und setzte mich noch etwas schlaftrunken an den Tisch, den Katja zuvor bereits für mich gedeckt hatte.

„Ich bin dann mal für ein halbes Stündchen im Bad", sagte Katja. „Du weißt ja, Frauen brauchen morgens immer etwas länger."

„Kein Problem."

„Wenn du mal dringend musst, wäre jetzt der beste Augenblick dafür", riet sie mir.

„Nö, nö, alles in Ordnung, ich war soeben."

Als ich wieder aufstand und mir Kaffee holte, sah ich über ihre Schulter blickend, dass Katja sich einen Artikel in der Zeitung anschaute, in dem es sich um Schamhaarrasuren drehte.

„Das wird jetzt modern. Gefällt dir das?", sie zeigte auf eine Frisur in der Zeitschrift, unter der *Startbahn* stand.

„Weiß nicht", zuckte ich mit den Schultern und setzte mich mit meiner vollen Tasse Kaffee wieder an den Tisch.

„Mir gefällt meine Frisur da unten nicht mehr, falls man den Busch überhaupt als Frisur bezeichnen kann. Ich will das nicht mehr", schüttelte Katja ihren Kopf. „Ich mach das jetzt weg", sagte sie energisch.

Ihre Entscheidung schien endgültig und unumkehrbar zu sein.

„Wenn du denkst, dann musst du es tun. Ich habe mir über Schamhaarfrisuren noch nie Gedanken gemacht. Ich wusste gar nicht, dass es so etwas überhaupt gibt", entgegnete ich und schmierte mir dabei ein Brötchen mit Butter und Marmelade.

Sichtlich überzeugt und voller Tatendrang erhob sich Katja vom Stuhl. Dabei sah ich, dass ihr T-Shirt nicht einmal ihre Scham und ihren Hintern bedeckte. Ich starrte auf ihren schwarzen Pelz und bekam sofort einen roten Kopf. Auch an meinem Schwanz ging dieser Anblick nicht spurlos vorüber, was die Beule in meiner Hose verriet.

Als Katja meine Erregung bemerkte, kam sie zu mir, setzte sich auf meinen Schoß und legte ihren rechten Arm um mich.

„Ach David, du hast noch nie eine Frau nackt gesehen. Du hast noch nie eine Frau geküsst. Du hast auch noch nie mit einer Frau geschlafen, geschweige denn angefasst. Außer mich, damals beim Eincremen am Badesee. Stimmt's?"

Ich nickte zustimmend.

„Du weißt also auch nicht, wie sich eine Frau anfühlt, ich meine, wie sich ihre Brüste, ihre Vagina und ihre Schamlippen anfühlen?"

„So ist es leider", nickte ich erneut und das Blut strömte mir in den Kopf. Mir wurde heiß, ich schämte mich.

„Das tut mir leid. In deinem Alter solltest du aber schon einige Erfahrungen gemacht haben. Was machen wir denn da?", fragte sie augenzwinkernd. Sie schaute mich mit großen Augen an und lächelte.

Ich zuckte fragend mit den Schultern.

„Weiß nicht."

„Pass auf, ich habe da eine Idee", schlug Katja vor. „Du darfst es aber nicht Uwe, ich meine deinem Vater verraten. Es bleibt unter uns. Ein Geheimnis. Versprochen?"

Ich wusste zwar nicht, was zu diesem Zeitpunkt auf mich zukommen würde, nickte jedoch zustimmend. „Versprochen! Ich schwöre."

Sie nahm mich an der Hand, lotste mich in mein Zimmer, zog ihr T-Shirt aus und legte sich splitternackt auf mein Bett.

„Knie dich bitte davor!" Ihre Bitte klang fast wie ein Befehl.

Ich tat, was sie sich wünschte. Sie nahm meine rechte Hand und legte sie auf ihren Busen.

„Du darfst mich ausnahmsweise mal überall dort streicheln, wo du es gern möchtest. Schau dir alles an meinem Körper genau an und befühle es. Ich gebe dir jetzt eine kurze Biologiestunde, sozusagen am lebenden Objekt. Es wird höchste Zeit. Du sollst dich schließlich nicht blamieren, wenn du mal eine Freundin hast."

Es war wie ein Traum. Zum ersten Mal berührten meine Hände eine weibliche Brust. Wie weich sich ihr Busen anfühlte und wie hart im Gegensatz dazu ihre aufgerichteten Nippel-Knospen. Mit beiden Händen fuhr ich langsam und bedächtig über ihren gesamten Körper und brachte mich dabei in höchste Erregung. Ich spürte ein noch nie dagewesenes Entzücken. Das Blut kochte in mir.

„Du darfst mich auch da unten streicheln, aber sei bitte ganz zärtlich. Fang am besten bei den Füßen an.

Wenn du möchtest, darfst sie auch in den Mund nehmen."

Katja hatte ausgesprochen schöne und gepflegte Füße. Der rote Nagellack gab ihnen zusätzlich einen erotischen Touch. Zu jener Zeit verstand ich jedoch nicht, warum ich sie in den Mund nehmen sollte, hatte noch nichts von Fußfetisch gehört. Doch ich tat es einfach und es gefiel mir. Ich lutsche an ihren Zehen, nahm einen nach dem anderen in den Mund. Ich hielt es kaum noch aus, meine sexuelle Erregung war kurz vor dem Höhepunkt. Ich wollte aber nicht vorher abbrechen, wollte unbedingt noch bis zu ihrem Heiligtum vordringen, wollte diese einmalige Chance beim Schopfe packen.

Langsam arbeitete ich mich höher, immer höher, bis ich schließlich mit meinen Fingern die gekräuselten Haare ihrer Schamgegend erreichte. Katja öffnete etwas ihre Schenkel und gab somit den Blick auf ihre vor Feuchtigkeit glitzernde Spalte frei. Die inneren Schamlippen klafften etwas auseinander. Ich staunte: Erregte sie diese Situation etwa auch?

Nun nahm Katja meine Hand und führte sie an ihre durchnässte Öffnung.

„Und gefällt dir, was du siehst? Du darfst meine Muschi mal kurz berühren. Aber nur kurz."

Mit meiner rechten Hand fuhr ich durch ihr Schamhaar.

„Siehst du, wie mein Kitzler angeschwollen ist? Der Kitzler ist die kleine Perle unter der Hautfalte über den Schamlippen, falls du es noch nicht weißt."

Zum ersten Mal bei dieser lehrreichen Aktion kam mir ein Lächeln über die Lippen. Ich fasste Katjas Bemerkung als Spaß auf. Zwar hatte ich noch nie eine nackte Frau aus der Nähe gesehen, aber was eine Klitoris war, wusste ich natürlich. Ihr Kitzler war tatsächlich etwas groß, soweit ich als Laie das überhaupt einschätzen konnte. Ich berührte ihn vorsichtig mit meinem Zeigefinger. Als ich denselben Finger schließlich in ihre klaffende Öffnung tauchen wollte, rief Katja sofort: „Stopp. Das reicht. Das geht mir sonst zu weit für das erste Mal."

Als sie diese Worte sagte, entlud sich zur selben Zeit mein pulsierender Schwanz mehrfach in meine Unterhose. Umgehend sprang ich auf und eilte ins Bad, riegelte aber nicht ab. Wenige Augenblicke später folgte mir Katja und nahm mich in den Arm.

„Du brauchst dich dafür nicht zu schämen, David. Das ist alles menschlich. Die Hauptsache ist doch, dass es dir gefallen hat und, dass du etwas dabei gelernt hast. Weißt du, dass du sehr zärtlich bist. Deine zukünftige Freundin wird das sicher einmal zu schätzen wissen. Wenn du dich frisch gemacht hast, möchte ich gern ins Bad und meine Enthaarungsprozedur beginnen. Du weißt, die Startbahn errichten."

Mit etwas Toilettenpapier versuchte ich, das gröbste Sperma an meiner Hose zu entfernen. Anschließend verließ ich das Bad, ging in mein Zimmer und legte mich aufs Bett. Es roch immer noch etwas nach Katjas Duschbad. Und in der Mitte war ein kleiner nasser Fleck.

Es dauerte nicht lange, da rief Katja aus dem Bad.

„David, kannst du bitte mal kommen! Schnell!"

Was war geschehen? Ich stand auf und eilte ins Bad. Katja saß wie ein Häufchen Unglück auf dem Rand der Wanne. Die Verzweiflung stand ihr ins Gesicht geschrieben.

„Ich wusste gar nicht, dass das mit dem Rasieren so kompliziert ist", jammerte sie und machte dabei einen sehr verzweifelten Eindruck.

Am Boden befand sich ein kleines Häufchen dunkler Haare, die sie sich zunächst grob mit einer Schere abgeschnitten hatte.

„Du musst mir helfen. Ich habe noch nie mit einem Nassrasierer hantiert, außer bei meinen Achselhöhlen. Das ging allerdings recht gut. Bei meinem dichten Pelz hier unten ist der Rasierer wahrscheinlich überfordert."

„Tut mir leid, aber ich habe mich auch noch nie nass rasiert", gestand ich. „Aber zu zweit werden wir das schon meistern."

Da hatten wir den Salat. Wir kramten in Vaters Sachen und fanden einen vermeintlich besseren Nassrasierer. Gemeinsam vollendeten wir schließlich das Werk und hatten enorm viel Spaß dabei. Als Belohnung bereitete Katja mir mein Lieblingsessen, Bratkartoffeln mit Spiegelei.

Katja rasierte sich danach nicht mehr ihre Schamhaare. Keine Ahnung, warum. Sie ließ die Härchen wieder sprießen. Vielleicht gefiel es ja Vater so besser.

*

Einige Tage später, Vater war wieder mal auf Dienstreise, hatte ich ein sehr peinliches Erlebnis. Katja erwischte mich, wie ich an einem ihrer getragenen Höschen roch und mich dabei selbst befriedigte. Das Höschen hatte sie im Bad liegen gelassen. Ich steckte es fix in meine Hosentasche, eilte in mein Zimmer und legte mich auf mein Bett. Kaum hatte ich ein paar tiefe Züge genossen, da ging auch schon die Tür auf. Katja klopfte zwar kurz an, doch konnte ich gerade noch notdürftig eine Decke über meinen Unterleib ziehen. Den Slip wollte ich schnell hinter das Bett werfen, doch er verfing sich an der Stehlampe.

„Du, David, hast du meine Armbanduhr gesehen? Ich kann sie nicht finden", wollte Katja von mir wissen. Dabei erblickte sie den Slip an der Lampe.

„Oh, was ist das denn? Ist das jetzt modern, Lampenschirme mit Damenhöschen zu verzieren? Nanu, den kenn ich doch. Wie kommt der denn dahin?"

Es war mir sehr peinlich und ich bekam sofort einen roten Kopf.

„Nein, nein. Ich kann dir das erklären. Ich habe deinen Slip im Bad gefunden und wollte …", stammelte ich.

„Du wolltest ihn sicher ins Schlafzimmer in den Wäschekorb bringen."

„Genau. Das wollte ich."

„Irgendwie musst du aber dann die Stehlampe mit dem Wäschekorb verwechselt haben."

„Stimmt, ich muss im Dunkeln ins falsche Zimmer gegangen sein."

„Naja, kann passieren. Ist mir auch schon oft passiert", scherzte Katja.

Sie nahm das Höschen von der Lampe und setzte sich zu mir auf mein Bett. Natürlich ahnte sie, was hier geschehen war.

„Du hast recht, den Slip habe ich gestern Abend im Bad liegen gelassen", gestand Katja mit ruhiger Stimme und kniete sich vor mein Bett. Ihre rechte Hand wanderte langsam unter meine Decke.

„Extra für dich", hauchte sie in mein Ohr. „Ich weiß doch was junge Männer in deinem Alter für Wünsche haben."

Katja nahm meinen Penis in ihre Hand und bewegte sie langsam auf und ab. Gleichzeitig öffnete sie ein paar Knöpfe ihrer Bluse. Sie trug keinen BH. Ich glaube, sie hatte diese Situation damals geschickt eingefädelt. Sicher verlief das alles genau nach einem ausgeklügelten Plan.

„Streichle bitte langsam meine Brust mit beiden Händen. Berühr sie mit deiner Zunge!", flüsterte sie in mein Ohr.

Sie beugte sich über meinen Kopf und gleichzeitig bearbeitete sie mit ihrer Hand meinen erigierten Schwanz. Ich spielte neugierig und etwas aufgeregt an ihren vollen Brüsten und lutschte an ihren Nippeln. Schon bald war ich kurz davor, mich zu entladen. Da passierte etwas Wunderbares. Schnell zog Katja ihre Bluse aus und nahm meinen Schwanz zwischen ihre Brüste. Mit ihrem Busen wichste sie meinen Schwanz. Was für ein geiles Gefühl. Nun konnte ich mich nicht mehr zurückhalten. In mehreren Schüben spritzte mein Sperma zwischen ihre Brüste bis hoch an ihren Hals.

„Oh, das ging aber schnell", wunderte sich Katja.

Danach schwiegen wir uns ein paar Minuten an. Keiner traute sich etwas zu sagen.

„Hat es dir denn gefallen?", fragte Katja nach einer Weile und schaute mir tief in die Augen.

Ich nickte, war noch etwas außer Atem.

„Denk' aber nicht, dass das jetzt zur Gewohnheit wird. Das war mal eine Ausnahme. Eine weitere aufklärende Lehrstunde sozusagen. Du solltest dir bald eine Freundin zulegen. Damit das klar ist, ich gehöre deinem Vater. Hast du verstanden?"

Sollte das etwa eine Drohung sein? Oder wie sollte ich diese Bemerkung verstehen? Egal, es war jedenfalls ein unvergessliches und sehr erotisches Erlebnis für mich.

3. Kapitel

Eines Tages, inzwischen war ich achtzehn Jahre alt, klingelte es an der Tür. Ich öffnete. Draußen stand eine junge, recht gutaussehende Frau und fragte: „Ist meine Mutter da?"

„Wenn du mir sagst, wie deine Mutter heißt, kann ich es dir vielleicht sagen", entgegnete ich etwas ungehalten.

„Jetzt zick nicht so rum, die Katja."

„Ja die ist da. Bist du etwa die Tochter?", fragte ich, denn ich ahnte bereits, wer da so vorlaut vor mir stand.

„Du kannst ja sogar logisch denken", entgegnete die junge Frau sichtlich aufgebracht.

Oh mein Gott, dachte ich mir. Was ist das denn für eine Tussi.

„Komm rein!", forderte ich sie dennoch auf.

„Sarah, was machst du denn hier?", fragte Katja, die sogleich an die Tür kam.

„Ich bin auf der Durchreise. Ich muss für ein paar Tage nach Frankreich und da wollte ich dich mal kurz besuchen. Kann ich für zwei Nächte hierbleiben?"

„Aber natürlich. Du musst aber im Wohnzimmer auf der Couch schlafen. Das Ehebett ist komplett belegt", scherzte sie.

„Macht doch nichts."

Sarah war ihrer Mutter wie aus dem Gesicht geschnitten. Nur, dass sie blonde Haare hatte. Auch von der Figur her ähnelten sie sich.

Als mein Vater am Abend nach Hause kam, machte Katja ihn zum ersten Mal mit Sarah bekannt. Einen richtigen Draht fanden sie jedoch nie zueinander. Ich glaube, er war sogar froh, als Sarah nach zwei Nächten wieder abreiste.

*

Am nächsten Abend lud mich Sarah zum Essen ein. Sie wollte mir etwas über ihr Leben erzählen und was sie beruflich so vorhat, nach dem Studium. Dabei erfuhr ich auch, dass sie lesbisch ist und, dass sie noch nie etwas mit einem Mann hatte. Da hatten wir ja etwas gemeinsam. Fast. Sarah hatte noch nie mit einem Mann geschlafen und ich noch nie mit einer Frau. Ich meine so richtig.

Langsam begann ich mich an Sarahs direkte und kumpelhafte Art zu gewöhnen, ja sogar in mein Herz zu schließen. Auf dem Nachhauseweg fragte mich Sarah ziemlich direkt: „Hast du Lust mich zu vögeln? Ich will es auch mal mit einem Typen treiben. Du scheinst ja ganz in Ordnung zu sein. Und gut gebaut bist du auch, glaube ich zumindest."

Ich war etwas perplex, angesichts ihrer direkten Art. Doch andererseits war ich nicht abgeneigt. Diese wohl einmalige Chance wollte ich mir keinesfalls entgehen lassen. Ich zögerte kurz und sagte schließlich: „Super Idee."

„Das kam ja nicht gerade wie aus der Pistole geschossen. Begeisterung klingt anders."

„Weißt du, Sarah, ich habe noch nicht so viel Erfahrung mit Frauen. Ich möchte mich nicht blamieren", versuchte ich mein Zögern zu entschuldigen.

„Sag bloß, du hast noch nie?", fragte Sarah mit großen ungläubigen Augen.

„Das könnte man so sagen", nickte ich zustimmend.

„Mit anderen Worten, du bist noch Jungfrau? Wie geil ist das denn? Dann werde ich dich heute Abend … sozusagen … entjungfern."

„So ungefähr", nickte ich zustimmend.

Ich erzählte Sarah natürlich nichts von den Kapriolen mit ihrer Mutter, diese sollten Katjas und mein Geheimnis bleiben.

Zuhause angekommen, schlichen wir ins Bad und schlossen die Tür hinter uns ab. Es war weit nach Mitternacht. Katja und Vater schliefen bereits.

„Los, wer zuerst ausgezogen ist", flüsterte Sarah.

Sie hatte es kaum ausgesprochen, schon stand sie nackt vor mir. Ich musterte sie kurz aber intensiv. Ihre Brüste waren verhältnismäßig groß und an ihrer Pussy sprießten nur ein paar wenige blonde Haare. Bei ihr lohnte es sich nicht, sie auch noch abzurasieren.

„Komm, lass und erst einmal gemeinsam duschen", schlug Sarah vor.

Ich genierte mich, wusste nicht so richtig, wie ich reagieren sollte. Einerseits konnte ich es kaum erwarten, Sarah zu vögeln. Andererseits hatte ich Angst, Angst zu versagen, alles falsch zu machen, mich zu blamieren. Ich versuchte, etwas Zeit zu gewinnen.

„Ich muss, ich muss erst mal dringend", stammelte ich.

„Kommt nicht in Frage", konterte Sarah. „Ich habe da eine Idee. Mit Pia, meiner Freundin, mach ich ab und zu so geile Natursektspiele. Komm, wir stellen uns in die Dusche und machen uns gegenseitig nass. Ich muss auch ganz dringend. Du wirst sehen, was das für einen Spaß macht. Hinterher duschen wir uns gründlich ab."

„Du meinst, wir sollen uns abwechselnd anpinkeln?", fragte ich etwas ungläubig.

„Klar, wir pissen uns an. Wo ist das Problem? Du wirst sehen, wie geil das ist. Komm schon. Ich kann es kaum noch aushalten. Meine Blase ist schon zum Bersten voll. Ich platze gleich."

Wir stellten uns sogleich in die Dusche und Sarah kauerte sich mit geöffneten Schenkeln vor mich hin.

„Fang schon an! Spritz mir auf meine Brüste und auf meinen Kitzler. Ich möchte deine Pisse auf meinem Körper spüren."

Sie beugte sich etwas nach hinten und spreizte mit dem Zeige- und Mittelfinger der rechten Hand ihre Schamlippen. Da ich ganz dringend musste, schoss umgehend ein starker Strahl aus meinem Schwanz. Ich zielte abwechselnd auf ihre prallen Brüste und versuchte ihren Kitzler und ihre Schamlippen zu treffen.

„Das ist so geil, einmal von einem Schwanz angepisst zu werden", freute sich Sarah und ich versuchte mit meinem Strahl ihren ganzen Körper zu benetzen.

Nachdem meine Blase leer war wechselten wir. Ich kniete mich vor sie auf den Boden. Sarah zog wieder mit beiden Händen ihre Schamlippen weit auseinander, das spritzte es auch schon aus ihrer Mitte. Ihr Strahl war viel stärker und intensiver, als meiner und traf mich mitten im Gesicht. Ich konnte nicht mehr durch die Nase atmen, bekam kaum noch Luft und öffnete meinen Mund. Ihr goldenes Pipi spritzte in meinen Mund und ich wollte mich zunächst ekeln. Doch das Gegenteil war der Fall. Ich fand Gefallen an dem sonderbaren Spiel und schluckte so viel ich konnte hinunter.

„Na, gefällt es dir?", fragte Sarah flüsternd und mit einem verschmitzten Lächeln auf den Lippen.

Ich konnte nicht antworten und nickte nur. Sie musste eine zum Bersten volle Blase gehabt haben. Ihr Strahl wollte nicht enden, obwohl sie dazwischen mehrere kurze Pausen machte. Es war einfach himmlisch.

Nach diesem Spielchen duschten wir, trockneten uns ab, und schlichen uns in mein Zimmer. Sarah konnte es kaum erwarten und tat etwas, was vorher noch nie eine Frau mit mir getan hat. Sie nahm meinen Schwanz in ihren Mund und saugte und leckte an ihm.

„Premiere, mein erster Schwanz. Tut mir leid, aber ich musste mich so ausgehungert auf dich stürzen. Ich war einfach neugierig. Komm, leck mich auch. Danach kannst du mich ficken."

Sie legte sich in der 69-er-Stellung auf mich, sodass ich bequem ihre klaffende Pussy mit meinem Mund erreichen konnte. Etwas zögernd berührte meine Zunge ihren Kitzler.

„Na los, mach schon, etwas doller! Oh, entschuldige, du machst ja sowas zum ersten Mal. Du kannst es ruhig etwas intensiver machen und deine Zunge schneller bewegen. Ich habe es auch gern, wenn du sie in mein Loch steckst."

Ich bemühte mich nach bestem Wissen und Gewissen, doch die richtige Stimmung kam bei Sarah nicht auf. Irgendetwas passte ihr nicht.

„Komm, lass uns vögeln. Ich möchte endlich deinen Schwanz in mir spüren. Leg dich auf den Rücken, ich möchte es dir für den Anfang etwas einfach machen."

Ich hatte eine mächtige Erektion und Sarah setzte sich auf meinen Ständer. Sie stöhnte kurz, hielt sich aber sofort den Mund zu.

„Ooops. Wir dürfen ja nicht so laut machen."

Sarah begann umgehend wie wild auf mir zu reiten. Ich hatte zwar keinen Vergleich, aber ich fand, dass sie sehr eng gebaut war. Die Gefühle, die ich hatte, waren sehr intensiv, vielleicht etwas zu intensiv. So passierte es dann auch, dass ich nach nicht mal zwei Minuten, meinen Saft in sie spritzte.

„Oh, nein. Das ist jetzt nicht dein Ernst. Bist du etwa schon gekommen?", fragte Sarah sichtlich enttäuscht.

„Tut mir leid, ich konnte nicht mehr. Es war einfach so geil in deiner Möse", versuchte ich mich zu entschuldigen.

Doch Sarah war alles andere als glücklich.

„Du hast auch noch in meine Möse gespritzt. Bist du wahnsinnig. Ich nehme doch keine Pille. Als Lesbe brauche ich sowas nicht."

Und nach einer kurzen Atempause meinte sie: „Aber wir haben Glück, ich hatte gerade meine Tage. Eigentlich dürfte nichts passiert sein. Ich hätte es dir sagen sollen. Egal. Ich hoffe, du kannst gleich noch mal."

„Entschuldige bitte, aber es war doch mein erstes Mal. Ich mache alles wieder gut. Glaube es mir. Warten wir ein paar Minuten. Dann kannst du mich gern noch einmal verführen. Aber etwas langsamer."

Nach einer kleinen Pause machten wir den nächsten Anlauf. Sarahs Verführungskünste fruchteten bei mir hervorragend. Nach kurzer Zeit war mein Schwanz wieder einsatzbereit.

Sarah holte in dieser Nacht den letzten Tropfen aus mir heraus. Als sie schließlich genug hatte, fragte sie mich: „Wie kommst du eigentlich mit meiner Mutter klar?"

„Ausgezeichnet. Ich finde sie cool."

„Geht sie mit deinem Vater auch in den Swinger-Klub?"

„Wie jetzt? Deine Mutter ist schon mal in den Swinger-Klub gegangen? Das ist ja interessant."

„Na klar. Regelmäßig. Mehrmals in der Woche. Mal allein, mal mit ihrem damaligen Freund und auch schon mal mit Frauen. Ich wollte nur wissen, ob sie das immer noch tut."

Ich war baff. Das hätte ich Katja überhaupt nicht zugetraut und Papa erst recht nicht. Er war so gar nicht der Typ dazu.

„Ich glaube nicht, dass Papa so etwas macht. Dazu ist er viel zu konservativ. Wenn er eine Frau liebt, dann liebt er nur sie und will nicht noch mit anderen rummachen."

„Okay, dann vergiss es!"

Sarah gab mir noch einen Kuss und verschwand dann im Wohnzimmer, wo sie den Rest der Nacht auf der Couch verbrachte.

Am nächsten Tag reiste Sarah weiter nach Frankreich. Die Sache mit dem Swingerklub ging mir nicht mehr aus dem Kopf. Wer ist Katja in Wirklichkeit? Ist sie vielleicht gar nicht so ein treues Hausputtelchen, wie ich immer glaubte? Bei der nächstbesten Gelegenheit wollte ich sie zur Rede stellen.

4. Kapitel

Wieder mal war mein Vater für ein paar Tage auf Dienstreise. Katja hasste es, wenn Vater auf Dienstreise fuhr. Sie konnte während seiner Abwesenheit meist schlecht schlafen. Heute weiß ich, dass es der fehlende Sex war, der sie nachts wach hielt.

So geschah es, dass Katja einmal nachts in mein Bett kam und sich von hinten an mich herankuschelte, sodass ich aufwachte. Ansonsten zeigte ich jedoch keine Reaktionen. Das Bett war mit seinen 1,20 m nicht gerade breit, aber wir zwei hatten genug Platz darin.

„Pst, ich möchte heute nicht alleine schlafen", flüsterte sie. „Ich habe gerade etwas Schlechtes geträumt, schlaf ruhig weiter."

Obwohl ich im Halbschlaf so vor mich hin duselte, spürte ich, dass Katja nackt war. Sie drückte ihren warmen, weichen Körper fest an meinen Rücken. Die Gedanken daran, dass mich ihre Brüste berührten, erzeugten in mir eine sinnliche Erregung, die meinem Schwanz sogleich zu einer beachtlichen Erektion verhalf. Katja nahm meine rechte Hand und führte sie geschickt zu ihrer Schamgegend. Die intensive Feuchtigkeit zwischen ihren Schamlippen benetzte meine Finger.

„Ich brauche etwas Zärtlichkeit. Kuschelst du ein wenig mit mir?", fragte sie ganz leise.

Ich wusste nicht, wie ich reagieren sollte und schwieg einfach. Schnell schlief ich wieder ein und wenig später begann ich zu träumen. Es war ein wunderschöner, erotischer Traum: Katja küsste mich zum ersten Mal auf den Mund. Ich lag nackt auf dem Rücken. Es war stockdunkel. Mein Schwanz reckte sich senkrecht in die Höhe. Doch auf einmal war es nicht mehr Katjas Mund der mich küsste, es war ihre feuchte Möse, die mich im ganzen Gesicht berührte. Ich vernahm den Duft, der von ihr ausging. Mit beiden Händen zog sie ihre Schamlippen weit auseinander und drückte sie fest auf meinen Mund.

„Leck mich!", hauchte Katja mir fordernd ins Ohr.

Meine Zunge spielte an ihrem Kitzler und stieß ab und zu weit in ihre klaffende Öffnung, aus der unablässig ihr Liebessaft rann. Schon nach kurzer Zeit kam sie zum Höhepunkt und spritzte mir in den Mund. Katja stöhnte kurz auf. Sekunden später stülpte sich etwas Warmes und Feuchtes über meinen steifen, pochenden Schwanz. Mein harter Kolben drang tief ein, in ihre heiße Grotte. Es war ein wunderschönes Gefühl. Leider nur sehr kurz. Nach wenigen Bewegungen, entlud sich mein Schwanz und spritzte seine ganze Ladung in Katjas Unterleib. Schon war der schöne Traum leider zu Ende.

Als ich am Morgen aufwachte, war mein Schwanz ganz klebrig und Katja war nicht mehr da. Was war geschehen? Hatte ich etwa einen nächtlichen Samenerguss, oder war der Traum sogar Realität gewesen?

Nach dem Duschen kam ich sichtlich aufgewühlt zum Frühstückstisch. Katja hatte bereits den Tisch gedeckt. Sie stand am Herd und briet uns jeweils zwei Spiegeleier.

„Morgen", rief ich ihr kurz zu.

Katja drehte sich um, musterte mich von oben bis unten und meinte: „Guten Morgen David. Hast du gut geschlafen?"

Ihre Stimme klang etwas anders als sonst.

„Na klar, wie ein Murmeltier. Warum fragst du?"

„Nur so."

Nach einer Weile kam ich dann mit der Sprache heraus.

„Kann es sein, dass du heute Nacht zu mir ins Bett gekommen bist?"

„Ja, stimmt. Ich habe mich einsam gefühlt, außerdem hatte ich einen schlechten Traum und konnte danach nicht mehr einschlafen. Ich wollte nur etwas kuscheln", erklärte sie mir.

„Ach so. Ich hatte heute Nacht einen merkwürdigen Traum. Noch nie hatte ich solch einen Traum."

„Wovon hast du geträumt? Erzähle! Du machst mich neugierig", wollte es Katja genauer wissen. Sie brannte vor Neugier. Ihre Augen wurden größer.

„Es war ein ziemlich erotischer Traum. Du kamst auch drinnen vor", fing ich an zu erzählen.

„Was? Jetzt machst du mich aber neugierig. Was mache ich in deinen Träumen? Hoffentlich ist es nichts Schlimmes."

Ich berichtete ihr über jede Einzelheit, an die ich mich noch erinnern konnte. Als ich mit meinen Ausführungen fertig war, fragte ich sie, indem ich ihr tief in ihre braunen Augen sah: „Kann es sein, dass das vielleicht gar kein Traum war?"

Katja lächelte und zuckte mit den Schultern.

„Was dann?"

„Realität. Ich war schlaftrunken und habe gedacht, es wäre ein Traum. Aber das war es vielleicht gar nicht. Du hast mich verführt? Sag, dass es so war."

„Und wenn es so wäre, wäre es schlimm?", flüsterte Katja mir fragend ins Ohr.

Meine Befürchtungen schienen sich zu bestätigen. Was war mit mir in dieser Nacht geschehen? Wieso dachte ich, es wäre ein Traum? Was hat sie mit mir gemacht? Ich legte meinen rechten Arm um sie und gab ihr einen Kuss auf die Wange.

„Das dürfen wir nicht, das weißt du ganz genau", sagte ich.

„Okay, dann stell dir vor, es war doch nur ein Traum."

„Du Miststück."

Diese Sache war nun geklärt, nun kam ich zum nächsten Problem.

„Stimmt es, dass du mit deinem Ex-Freund in den Swinger-Klub gegangen bist?", fragte ich sie ganz direkt.

Katja reagierte wie vom Blitz getroffen. So hatte ich sie noch nie erlebt.

„Wer hat dir das gesagt?", fragte sie wutentbrannt. „Sarah?"

Ich nickte.

„Diese Göre. Die kann was erleben", schimpfte Katja.

„Papa darf das niemals erfahren. Er würde das nicht verkraften", flehte ich sie an. „Für ihn würde eine Welt zusammenbrechen. Auch, wenn das noch vor eurer Zeit war."

„Keinesfalls", stimmte mir Katja zu. „Das wäre das Ende von unserer Beziehung. Ich hoffe, dass du schweigst, wie ein Grab."

„Ehrenwort!", versprach ich und verschwand in meinem Zimmer.

Dort grübelte ich noch lange darüber nach und fragte mich, ob das der richtige Weg ist, Vater nichts zu sagen, ihm alles zu verschweigen. Irgendwann würde er sicher die Wahrheit erfahren, vielleicht auch von mir. Doch vorerst wollte ich ihm nichts erzählen und schließlich kam mir eine recht hinterlistige Idee.

Wenn ich es meinem Vater nicht sagen sollte, müsste Katja einen kleinen Preis dafür bezahlen. Erpressung würde ich es nicht unbedingt nennen, eher eine Win-Win-Situation, wie man heutzutage sagt. Ich freute mich riesig, dass ich diesen genialen Einfall hatte und lief sofort zu Katja in die Küche.

„Pass auf, Katja, wir machen einen Deal. Ich werde Paps nichts davon erzählen und du spielst erst einmal weiter meine Biologielehrerin. Einverstanden?"

Damit hatte Katja wohl nicht gerechnet. Aber so ganz abgeneigt war sie auch nicht.

„Oh, du bist ja sehr raffiniert. Du Schlitzohr. Und wie hast du dir das vorgestellt?", fragte sie.

„Ein oder zwei Mal in der Woche gibst du mir eine erotische Lehrstunde, wäre das okay?", fragte ich. „Natürlich nur, wenn es dir passt."

Katja überlegte kurz. Sie wusste ganz genau, dass ich sie in der Hand hatte. Sie liebte meinen Vater über alles und wollte ihn nicht enttäuschen.

„Okay, dann machen wir das so", sagte sie nach kurzem Überlegen. „Davon darf dein Vater aber auch nichts erfahren, sonst bringt er uns um."

„Deal?", freute ich mich. Ich hob meine Hand und Katja schlug ein.

„Deal", antwortete sie, doch ihre Augen wirkten unsicher und nachdenklich. Hatte sie etwa ein schlechtes Gewissen. Da war zum einen ihre delikate Vergangenheit. Zum anderen machte es die heimliche Beziehung zu mir auch nicht besser.

*

In den folgenden zwei Wochen passierte erst einmal gar nichts zwischen mir und Katja. Mein Vater kam von seiner Dienstreise zurück. Anschließend fuhr er mit Katja für zwei Wochen an den Gardasee in Urlaub. Ich war allein zuhause und schmiedete einige Pläne für die zukünftigen Biologiestunden.

Die erste Gelegenheit bot sich jedoch erst, als Papa wieder mal für ein paar Tage in die Schweiz fuhr, um ein Projekt zu betreuen.

Es war an einem heißen Montag im August. Ich kam abends gegen 20 Uhr vom Training. Seit ein paar Monaten versuchte ich mich an der Leichtathletik, Hoch- und Weitsprung. Nachdem ich geduscht hatte, ging ich ins Wohnzimmer und setzte mich zu Katja auf die Couch. Ich war nur mit einem Slip bekleidet. Katja trug ein weißes Höschen und ein rosa Achselshirt, unter dem ich keinen BH ausmachen konnte. Sie lag längs auf der Couch, hatte beide Beine aufgestellt und studierte die neuesten Supermarkt-Prospekte. Mit meiner rechten Hand streichelte ich die Innenseiten ihrer Schenkel. Wagte mich jedoch nicht bis in die Nähe ihrer Schamgegend heran.

„Forderst du jetzt etwa eine weitere Lehrstunde ein?", fragte Katja ohne ihr Studium der Prospekte zu unterbrechen.

„Vielleicht."

„Und in was soll ich dich unterrichten?"

„Machen wir es doch wie in meinem Traum. Jetzt und sofort."

„Oh, das kommt etwas überraschend für mich. Ich habe noch nicht geduscht. Es war so heiß heute und ich bin etwas verschwitzt."

„Macht doch nichts. Umso besser", freute ich mich.

Katja schaute mich fragend an. Ich zog meinen Slip aus und legte mich auf den Fußboden.

„Erinnerst du dich noch an meinen Traum?", fragte ich sie.

„Ein ganz klein wenig", scherzte Katja und schmunzelte.

„Können wir den Traum etwas abwandeln?"

„Hat der Herr Schüler auch noch Sonderwünsche? Wie hättest du es denn gern?"

„Lass bitte dein Höschen an. Dein Shirt kannst du ausziehen."

„Da bin ich ja mal gespannt, was das werden soll."

Katja stand auf und stellte sich breitbeinig direkt über meinen Kopf, sodass ich genau ihr weißes Höschen sah.

„Es ist mir etwas peinlich. Ich schäme mich für mein schmutziges Höschen", versuchte Katja sich zu entschuldigen.

Der Zwickel ihres Slips hatte sich im Laufe des heißen Tages infolge ihrer Körperflüssigkeiten etwas gelblich verfärbt. Der Anblick erregte mich. Hatte ich etwa einen Fetisch auf getragene Höschen entwickelt? Das war nun schon das zweite Mal, dass ich mich für Katjas Slip interessierte.

„Komm, kauere dich über mein Gesicht. Ich möchte deinen Slip riechen und daran lecken."

„Muss das sein?", fragte Katja.

Ohne eine Antwort von mir abzuwarten, senkte sie sich langsam, bis sie sie sich unmittelbar über meinem Gesicht platziert hatte. Sie machte nicht den Eindruck, dass sie es widerwillig tat. Ihr Zwickel befand sich unmittelbar vor meiner Nase. Ein stechendes Aroma, ein Gemisch von Urin und Schweiß, drang in meine Nase. Dieser intensive Duft machte mich trunken und mein Glied pochte vor Erregung. Mit flinker Zunge leckte ich an der gelben Stelle des Höschens bis ihre Säfte zu fließen begannen.

„Zieh jetzt dein Höschen aus, ich will deine nasse Spalte lecken", forderte ich Katja auf.

Schnell ließ sie ihr Höschen herabgleiten und öffnete mit beiden Händen weit ihre Schamlippen. Nun hatte ich einen unverhüllten Zugriff auf ihre triefende

Möse. Ihr angeschwollener Kitzler lugte unter einer Hautfalte hervor. Immer, wenn ich mit meiner Zunge jene Stelle ihrer Vagina berührte, vernahm ich einen leisen Seufzer. Aus ihrer feuchten, klaffenden Möse rann unaufhörlich ihr Liebessaft, den ich begehrlich versuchte mit meinem Mund aufzufangen. Ich konnte mich kaum noch zurückhalten und bat Katja, sich schnell auf meinen pochenden Schwanz zu setzen, was sie auch umgehend tat. Fest umklammerte sie ihn mit ihren Scheiden-Muskeln. Und so kam es, dass ich mich nach nur wenigen tiefen Stößen mehrfach in ihren pulsierenden Schoß entlud. Da war er wieder, dieser frühzeitige Samenerguss, für den ich mich so schämte. Für Katja war es sicher viel zu früh. Unaufhörlich reitete sie weiter auf mir, obwohl mein Penis nach getaner Arbeit bereits am Abschwellen war. Immer intensiver bearbeitet sie ihren Kitzler mit ihrer rechten Hand bis auch sie unter lautem Stöhnen endlich abspritzte.

„Tut mir leid, dass ich so schnell gekommen bin. Aber das Gefühl in dir war einfach so geil, dass ich nicht anders konnte", versuchte ich mich bei Katja zu rechtfertigen.

Doch sie wiegelte ab. „Mach dir keine Gedanken. Ich fand es trotzdem schön. Ich finde, dein Schwanz hat die optimale Größe für meine Muschi."

*

Das mit den sogenannten sexuellen Lehrstunden ging ein paar Wochen so weiter. Abgesehen von den Zwangspausen, wenn mein Vater zuhause war. Einmal haben wir es aber doch getan, obwohl Vater im Haus war. Es war an einem Samstag. Im Fernsehen lief gerade das *Aktuelle Sportstudio*. Mein Vater interessierte sich sehr für Fußball. Ich war mit Katja in der Küche und bereitete das Abendessen vor. Katja war nur mit einem langen T-Shirt bekleidet unter dem sie keinen BH trug. Bei jedem Schritt von ihr bewegten sich auch ihre Brüste. Ich konnte kaum die Augen von ihr lassen und hatte bereits eine Beule in meiner Hose, welche auch Katjas Augen nicht verborgen blieb. Ich weiß nicht, ob sie damals diese Situation absichtlich herbeigeführt hatte. Ist mir letztendlich auch egal. Als sie oben aus dem Schrank das Geschirr herausholen wollte, rutsche ihr T-Shirt nach oben und ich sah dass sie kein Höschen trug. Sie schaute mich schmunzelnd an.

„Na, gefällt dir, was du siehst?", fragte sie mich.

„Und ob."

„Komm, gib mir schnell deine Hand!", flüsterte sie.

Katja nahm meine rechte Hand und führte sie an ihre Möse.

„Spürst du, wie nass sie ist?"

Ich nickte nur.

„Sie sehnt sich nach einem Schwanz. Dein Vater hat jedoch zurzeit kein Auge für mich. Komm schnell und fick mich von hinten. Aber sei leise, dass dein Vater nichts mitbekommt."

Sie schob ihr T-Shirt ganz nach oben, beugte sich über das Spülbecken und hielt sich an der Armatur fest. Eilig befreite ich meinen steifen Schwengel aus der engen Hose und schob ihn langsam von hinten in Katjas dürstende, klaffende Möse. Mit beiden Händen umklammerte ich ihre prallen Brüste und spielte an ihren Nippeln. Katja hielt sich den Mund zu und ich hoffte, dass Vater nicht in die Küche kommen würde. Doch im Fernseher lief gerade die Zusammenfassung vom Spiel seiner Lieblingsmannschaft.

Katja musste an diesem Tag ziemlich heiß gewesen sein, denn bereits nach kurzer Zeit spürte ich das rhythmische Pulsieren ihres intensiven Orgasmus. Gleichzeitig spritzte ich meine Sahne in ihren Unterleib. Nachdem ich meinen Schwanz schnell wieder aus ihrer Vagina herausgezogen hatte, tropfte ein Teil davon auf den Küchenboden. Schnell kniete ich mich und schlürfte den Rest unserer Säfte von hinten aus ihrer klaffenden Muschi. Anschließend klemmte sich Katja ein Küchentuch zwischen die Beine und verschwand im Bad. Als sie zurückkam, trug sie brav wieder ein Höschen und Vater bekam nichts von unserem wollüstigen Techtelmechtel in der Küche mit. Seine Mannschaft hatte nach mehreren erfolglosen

Spielen wieder einmal gewonnen und er war glücklich.

*

Je mehr Zeit versstrich, desto größer wurde mein schlechtes Gewissen meinem Vater gegenüber. Er hatte es nicht verdient, dass Katja und ich dieses üble Spiel mit ihm spielten. In mir wohnten quasi zwei Personen. Die eine wollte endlich reinen Tisch machen und es meinem Vater sagen. Der anderen Person hingegen kamen diese sexuellen Eskapaden wie gerufen. Sie ersetzten quasi eine feste Freundin. Aber es war keine echte Liebe, es war nur reiner Sex. So beschloss ich, endlich die Katze aus dem Sack zu lassen und meinem Vater reinen Wein einzuschenken, zumindest was Katjas Vergangenheit betraf. Das mit mir und Katja durfte er nie erfahren, egal was passierte. Aber besser ein Ende mit Schrecken als ein Schrecken ohne Ende. Irgendwann würde sowieso die Wahrheit ans Licht kommen und dann wäre es vielleicht noch viel schlimmer. Gleich am nächsten Wochenende wollte ich ihm die ganze Wahrheit erzählen.

Doch es kam anders als geplant. Am nächsten Tag kursierten in unserer Klasse unter uns Jungs Sexzeitschriften, die alle das Thema Natursekt zum Thema hatten. Die Zeitschriften waren reich bebildert und zeigten fast nur Personen, die sich gegenseitig anpinkelten. Die Meinungen unter uns Jungs gingen weit auseinander. Die Einen fanden es eklig, die Anderen wiederum geil. Auch einige Mädels bekamen mit, was wir Jungs da begutachteten. Sie tuschelten und kicherten.

Mich machten die Heftchen sehr neugierig. Ich erinnerte mich sofort an Sarah und daran, was wir damals in der Dusche veranstalteten. Jetzt erst war mir klar, dass es sich um eine sexuelle Spielart handelte. Schnell schnappte ich mir ein paar von den Heftchen und las sie heimlich in der Stunde. Zum Glück bekam es unser Lehrer nicht mit. Je mehr ich darüber las, desto neugieriger wurde ich. Ich wollte unbedingt einige Sachen ausprobieren. Aber da ich keine Freundin hatte, blieb nur Katja übrig. Wie würde sie wohl reagieren, wenn ich mit derartigen Wünschen an sie herantreten würde.

Gleich am Abend wollte ich sie damit überfallen. Es war Donnerstag und mein Vater kam erst am nächsten Tag. Wir hatten also noch sturmfreie Bude. Es war nicht so einfach die richtigen Worte zu finden. Ich wollte sie ja nicht gleich erschrecken.

„Du Katja", fragte ich sie am Abend. „Bis jetzt hat es prima geklappt mit unseren Lehrstunden. Vater hat auch noch nichts von deinem früheren Leben mitbekommen."

„Das soll auch so bleiben", entgegnete Katja. „Sonst kann ich gleich meine Koffer packen."

„Schließlich haben wir ja einen Deal. Apropos Deal. Ich würde gern eine weitere Lehrstunde nehmen. Was hältst du davon?"

„Von mir aus gern. Unter welchem Thema soll denn die Stunde stehen?"

„Das erkläre ich dir gleich. Komm, wir machen uns erst einmal nackig und gehen ins Bad."

Schnell hatten wir uns unserer Kleidung entledigt und standen im Bad. Ich setzte mich auf die Kloschüssel. Mein Schwanz hatte bereits Kampfesgröße erreicht und ich bat Katja sich auf meinen Schoß zu setzen. Langsam ließ sie mein Glied in ihre bereits feuchte Vagina hineingleiten. Ein paar Sekunden genossen wir dieses Gefühl, dann fragte ich sie.

„Du bist eine sehr erfahrene Frau und hast sicher schon von Natursektspielen gehört? Habe ich recht?"

Katja schaute mich erschrocken an.

„Wie kommst du auf einmal auf sowas? Hast du das von den anderen Jungs in deiner Klasse?"

„Auch. Magst du das?", fragte ich neugierig. Denn ich wollte es unbedingt ausprobieren. Ich war noch nie so geil, wie an diesem Tag.

Katja lächelte mich an, sagte jedoch kein Wort. Auf einmal spürte ich etwas Warmes über mein Schwanz laufen. Es hörte aber gleich wieder auf. Nach ein paar Sekunden Pause kam es wieder, diese warme feuchte und zugleich geile Gefühl. Ein kleines Rinnsal plätscherte in das Toilettenbecken. Dann fragte Katja: „Meinst du das?"

Ich nickte nur.

„Soll ich dir was sagen, David", flüsterte Katja. „Ich steh unheimlich darauf. Ich habe nur bisher noch niemand gefunden, der meine Neigungen teilt. Deinen Vater wollte ich auch schon überzeugen. Doch bei ihm hatte ich bisher keinen Erfolg. Ich bin ja so froh, dass du danach gefragt hast."

Sie küsste mich und lies nun völlig los. Ihr warmes Pipi lief langsam über meine Schenkel und ich genoss diese innige Vereinigung zweier lüsterner Körper, genoss es mit meinem Penis in ihrer Vagina zu sein. Das Gefühl übermannte mich, es war so stark, dass ich mich nun nicht mehr zurückhalten konnte und ich entlud mich auf dem Höhepunkt meiner Erregung in ihre nasse, pinkelnde Vagina. Ich stöhnte kurz und sofort endete der nasse Strom. Katja sagte voller wollüstiger Leidenschaft: „Komm, und nun du! Lass es laufen! Piss mir in mein nasses Loch!"

Katjas Wunsch war auch sogleich eine Aufforderung. Blitzschnell musste ich umdenken. Von einer Sekunde auf die andere. Es musste schnell gehen. Nachdem ich meine Ladung Sperma ich ihre Muschi gespritzt hatte, begann mein Penis nämlich langsam zu schrumpfen. Es würde nicht mehr lange dauern, dann würde er erschlafft aus ihrer Vagina flutschen.

Ich begann mich zu konzentrieren und nach wenigen Sekunden konnte ich meine Blase in ihre Liebesgrotte entleeren. Mein Strahl spülte mein Sperma wieder aus ihrer Vagina und ein Rinnsal, ein Gemisch aus Sperma und Urin ergoss sich in das Toilettenbecken. Katja genoss es mit geschlossenen Augen und leistete ihrerseits noch einen bescheidenen Beitrag, indem sie den letzten Rest ihres Urins aus ihrer Blase laufen ließ. Im gleichen Moment begann mein Penis wieder anzuschwellen und Katja schlug vor: „Komm, wir gehen in die Wanne. Dort haben wir etwas mehr Platz und wir können unsere Wasserspiele fortsetzen!"

Das war zwar eine gute Idee, doch unsere leeren Blasen ließen eine derartige Fortsetzung in der Wanne nicht mehr zu. Stattdessen trockneten wir uns rasch ab und kuschelten im Bett eng aneinander, wo wir bald einschliefen.

5. Kapitel

Nach meiner Schulzeit im Gymnasium begann ich ein Biologiestudium. Kurz nach meinem neunzehnten Geburtstag lernte ich ein Mädchen kennen, die Maria, wie sich das gehört, in der Bibliothek der Uni. Maria war sehr selbstbewusst und zielstrebig. Das Lernen fiel ihr leicht, was sich in sehr guten Noten widerspiegelte. Es war die vielzitierte Liebe auf den ersten Blick.

Als ich Maria in der Bibliothek das erste Mal sah, hat sie mir sofort den Kopf verdreht. Sie saß allein am Tisch, vor ihr lag ein aufgeschlagenes Buch aus dem sie sich Notizen machte. Den Kopf hatte sie leicht nach vorn gebeugt, sodass ihr langes schwarzes Haar teilweise ihr niedliches Gesicht verdeckte. Ab und zu schaute sie auf, als würde sie über das Gelesene nachdenken. In solch einem Moment fragte ich: „Ist bei dir noch frei?"

Maria schaute mich etwas erschrocken mit ihren braunen Kulleraugen an. Sicher hatte ich sie gerade in ihrem intensiven Selbststudium gestört. Sie reagierte etwas verstört.

„Äh, ja klar. Hier ist frei", ihre Antwort klang etwas genervt.

Ich setzte mich, packte meine Bücher und Hefte aus und schaute immer wieder zu ihr hinüber und musterte sie. Maria trug ein luftiges, geblümtes Sommerkleid.

Sie hatte ihre Beine übereinandergeschlagen und das Kleid war ganz nach oben gerutscht. Ihre zarten Füße steckten in Ledersandalen. Auf den Zehen war rosa Nagellack aufgetragen. Ihr Haar wurde von einem roten Stirnband gehalten. Sie trug keinen BH und durch das dünne Kleidchen, konnte ich die Formen ihrer Brüste erahnen. Um den Hals trug sie ein Halsband mit einem bunten, gefilzten Peace-Zeichen. Irgendwie hatte sie etwas Hippiemäßiges an sich.

„Du machst mich nervös, wenn du mich ständig so anglotzt", fuhr es plötzlich aus ihr heraus. Insgeheim musste sie mich beobachtet haben.

„Tut mir leid, ich, ich, ich finde, du siehst sehr gut aus. Du bist mir in der Uni noch nie über den Weg gelaufen. Das wäre mir aufgefallen. Wie heißt du?" fragte ich und war ganz stolz auf mich, dass ich es wagte ein wildfremdes Mädchen einfach so anzusprechen.

„Maria und du?"

„David, ich bin David Wiesner."

„Jetzt kennst du meinen Namen. War's das? Dann konzentriere dich bitte von nun an auf deine Bücher. Ich habe noch zu tun", fauchte mich Maria an und erteilte mir eine gehörige Abfuhr. Es schien so, als würde letztlich wieder einmal ein Versuch missglücken, ein Mädchen kennenzulernen.

„Okay, wenn du das möchtest", entgegnete ich enttäuscht und versuchte, mich auf meine Bücher zu konzentrieren. Doch eigentlich hatte ich gar nicht vor, in den mitgebrachten Büchern zu lesen. Ich hatte mich nur wegen Maria an diesen Tisch gesetzt. Ich blätterte nervös in den Büchern herum und beobachtete sie dabei.

Ab und zu schaute sie zu mir herüber und warf mir böse Blicke zu. Ich, dagegen, lächelte sie unentwegt an, was ihr sichtlich auf die Nerven ging.

Nach einer knappen halben Stunde packte sie blitzartig ihre Sachen zusammen und sagte mit energischem Ton: „Mir reicht es jetzt. Ich bin kein Zootier, das man unentwegt anglotzen kann. Such dir ein anderes Opfer. Du bist nicht mein Typ. Verstehst du? Nicht mein Typ. Ciao."

Maria verließ selbstbewusst und mit großen schnellen Schritten die Bibliothek und ich saß wie verdutzt am Tisch und wurde von einigen anderen Kommilitonen mitleidig lächelnd angestarrt. Sofort bekam ich einen roten Kopf und machte mich fluchtartig aus dem Staub.

Am folgenden Tag begegnete mir Maria im Campus der Uni. Sie trug eine enge Jeans und ein weißes T-Shirt, unter dem sich ein roter BH abzeichnete. Als sie mich erblickte, blieb sie stehen und sagte: „Hallo David, tut mir leid wegen gestern. Ich habe mich dumm benommen. Das wollte ich nicht. Entschuldige bitte. Wollen wir heute Abend zusammen ein Eis essen gehen?"

Ich war wie vor den Kopf geschlagen, ob der plötzlichen Wandlung von Maria. Ich schaute sie mit großen staunenden Augen an. Sekunden vergingen. Ich brachte kein Wort heraus.

„Na, was ist? Hast es dir die Sprache verschlagen?", hakte Maria nach.

„Ich weiß nicht. Ich denke, ich bin nicht dein Typ."

„Vergiss, was ich gestern gefaselt habe. Ja oder Nein?", fragte sie entschieden.

„Ja."

„Dann treffen wir uns Punkt 19 Uhr vor der Eisbar. Bis dahin", sprach Maria und ging weiter.

Ich konnte ihr nur noch mit halboffenem Mund staunend hinterherschauen.

Viertel vor 19 Uhr stand ich bereits vor der Eisbar. Maria kam zehn Minuten später. Vielleicht konnte sie unser Treffen auch nicht erwarten. Wieder trug sie das dünne Sommerkleid und dieses Peace-Halsband, wieder hatte sie den BH weggelassen.

Schnell fanden wir einen freien Tisch und setzten uns. Ich war zu dieser Zeit noch etwas unbeholfen, was Frauen anbelangte und wusste nicht so recht, wie ich das Gespräch anfangen sollte. Ich schaute auf das gefilzte Peace-Zeichen und fragte: „Du bist ein Hippie, stimmt's?"

„Warum fragst du? Sieht man das nicht? Hast du was dagegen?"

„Nein, ganz im Gegenteil. Ich bin ein großer Fan dieser Musik. Janis Joplin, Jimi Hendrix, Led Zeppelin, Grateful Death."

„Toll, dann haben wir ja was Gemeinsames. Ich liebe diese Musik. Aber solch ein Leben in einer Kommune, wie Obermeier und Langhans wäre nichts für mich. Für dich etwa?", fragte sie mich und schaute mir tief in die Augen.

Unser Gespräch wurde jäh von der Kellnerin unterbrochen, die uns etwas unfreundlich fragte, was wir denn haben wollten. Nachdem wir unsere Bestellung aufgegeben hatten, setzten wir unser angefangenes Gespräch fort.

„Ich bin auch nicht der Typ, der in einer Kommune leben möchte. Ich möchte meine Partnerin für mich alleine haben."

Ich war froh endlich ein Gesprächsthema gefunden zu haben. Wir sprachen über Musik, Klamotten, freie Liebe und sogar über die große Weltpolitik, die wir natürlich ändern und Frieden für alle schaffen wollten. Als wir diese Themen zu Ende diskutiert hatten und eine kleine Pause entstand, fragte ich Maria: „Warum hast du eigentlich gestern gesagt, ich wäre nicht dein Typ."

Maria nahm meine rechte Hand, schaute mich lächelnd an und sagte: „Ich wollte dich ärgern. In Wirklichkeit war ich sofort verknallt in dich!"

Es klang überzeugend und wie eine Entschuldigung. Das erste Mal in meinem Leben spürte ich eine tiefe Zuneigung zu einer Frau und war glücklich. Nachdem ich die Rechnung für das Eis bezahlt hatte, fragte ich Maria: „Wo musst du hin. Ich bring dich noch nach Hause."

„Zeppelinstraße."

„Prima, ist ja fast meine Richtung", flunkerte ich.

Der Weg führte uns durch einen kleinen Park. Es war ein lauer Sommerabend. Kurz nach 22 Uhr ging die Dämmerung langsam in die Nachtdunkelheit über. Ich nahm Maria in den Arm.

„Komm, lass uns noch ein wenig auf diese Bank setzen und den lauen Abend genießen. Es wird nicht lange dauern und wir können uns den Sternenhimmel anschauen."

Kaum hatten wir auf der Bank Platz genommen, da fielen wir auch schon übereinander her. Alles begann mit einer wilden Knutscherei. Meine Hände suchten ihre Brüste. Unter dem dünnen Stoff konnte ich sie gut erfühlen. Dann wagte ich mich noch weiter und streichelte ihre Schenkel, die sie leicht geöffnet hatte. Ihr

Kleid war bis zu ihrem Po hochgerutscht, genau, wie gestern in der Bibliothek. Wenn es heller gewesen wäre, hätte ich ihr Höschen sehen können. Immer weiter taste ich mich nach oben, bis sie plötzlich sagte: „Stopp. Ich muss erst mal dringend Pipi machen."

Dann sprang sie auch schon auf und verschwand hinter der Bank auf dem Rasen.

Etwas fünf Meter neben der Bank kauerte sie sich hin und ich konnte ein sekundenlanges Zischen wahrnehmen. Als sie wieder zurückkam lächelte sie und küsste mich. Frauen lächeln immer nach dem Pinkeln. Ich weiß auch nicht, warum.

„Entschuldige bitte. Das war jetzt höchste Zeit. Meine Blase wäre bald geplatzt. Ich hätte in der Eisbar noch mal aufs Klo gehen sollen."

Wir machten an der Stelle weiter, wo wir vor der Pinkel-Pause aufgehört hatten. Mit einem Unterschied, Maria trug kein Höschen mehr.

„Hast du dein Höschen unterwegs verloren?", fragte ich erstaunt.

Sie drückte mir den Zeigefinger der rechten Hand fest auf meinen Mund.

„Pssst", flüsterte sie mir ins Ohr. „Das musste ich ausziehen. Ich habe es aus Versehen nass gemacht, weil es so dunkel war. Hier ist es, in meiner Hand und ich weiß nicht wohin damit. Ich stecke es erst mal in deine Hosentasche. Das dürfen wir dann nicht vergessen. Ich habe nur das eine", scherzte sie.

Wir küssten uns innig und mit Zunge, meine rechte Hand erkundete ihre Schamgegend, entdeckte ihren Kitzler unter einer Menge von gekräuselten Haaren. Die kleine Perle konnte ich gut ertasten und sie verwöhnen. Maria stöhnte leise und spreizte ihre Schenkel soweit sie konnte. Ihre rechte Hand öffnete den Reißverschluss meiner Hose, holte meinen erigierten Schwanz heraus und begann, mich zu wichsen.

„Hoffentlich kommt jetzt niemand. Das kann ich jetzt nicht gebrauchen. Du bist gerade so zärtlich", flüsterte ich.

Ihre kleinen Schamlippen waren weit geöffnet. Als mein Mittelfinger in ihre tropfnasse Spalte tauchte, hauchte Maria: „Zieh deine Hose aus! Fick mich! Ich halte es nicht mehr aus, ich bin so geil."

Hastig zog ich meine Hose nach unten. Sofort setzte sich Maria auf mich und führte mit ihrer rechten Hand mein steifes Glied in ihre pitschnasse Vagina.

„Oh, ist das schön", stöhnte sie nun lauter. „Dein Schwanz hat die richtige Größe für mich."

Das war schon die zweite Frau, die so etwas sagte. In diesem Augenblick, kurz bevor wir uns dem Höhepunkt genähert hatten, kam ein Pärchen mittleren Alters vorbei. Wir bekamen es erst mit, als die Beiden etwa zehn Meter vor uns waren. Sofort hielten wir inne. Zum Glück war Maria nicht ganz nackt, sie hatte ja noch ihr Kleid an. Ich weiß nicht, ob das Pärchen etwas von unserm Treiben mitbekommen hatte, schließlich war es stockdunkel. Geahnt hatten sie sicher etwas. Aber das war uns in diesem Moment egal. Zum Aufhören war es zu spät.

Da war es wieder da, mein Problem mit dem vorzeitigen Samenerguss. Gerade in dem Moment, als das Paar auf unserer Höhe war und Maria bewegungslos auf mir saß, spritzte ich ab.

„Kann es sein", fragte Maria mit einem stechenden schulmeisterlichen Blick, „dass du gerade in mir gekommen bist?"

Völlig verdutzt und schuldig stammelte ich: „Tut mir leid, ich konnte es nicht mehr zurückhalten."

„Wie kann das sein? Aber wir haben doch gerade erst angefangen."

Maria konnte es kaum fassen. Man sah ihr die Enttäuschung an. Ich zuckte mit den Schultern.

„Das müssen wir gleich noch mal machen", sagte sie mit entschiedener Stimme.

Sie stieg von mir, stellte sich breitbeinig hin und ließ mein Sperma aus ihrer Vagina tropfen. Den Rest wischte sich mit einem Taschentuch ab. Als sie sich wieder setzte, nahm sie sofort meinen Schwanz in den Mund und versuchte, ihm die Sporen zu geben. Und so dauerte es nicht lange, bis er wieder eine ordentliche Kampfesgröße hatte.

„Leck mich erst mal. Ich bin bisher etwas zu kurz gekommen. Mir ist so heiß. Komm wir legen uns auf die Wiese hinter die Bank", schlug Maria vor.

„Sie legte sich mit weit gespreizten Schenkeln auf die Wiese und ich kniete mich davor. Bequem war es nicht gerade. Zunächst schlürfte ich die Reste meines Spermas aus ihrer Möse und anschließend brachte ich sie mit flinker Zunge zweimal zum Höhepunkt, bei dem sie mir jedes Mal ihren Liebessaft ins Gesicht spritzte.

„Komm jetzt! Steck ihn mir endlich rein! Mach's mir! Nimm mich richtig ran! Ich brauche das jetzt."

Ich führte mein pochendes Glied in ihre dürstende Möse. Mit meinen intensiven Stößen drang ich tief in sie ein. Ich wollte es ihr so richtig besorgen, wollte ihr zeigen, dass ich kein Weichei bin."

„Ja, das ist schön", stöhnte sie zufrieden lächelnd. Es dauerte nicht lange bis ich das rhythmische Pulsieren ihrer Möse spürte und ich war glücklich, dass ich sie erneut zum Höhepunkt gebracht hatte. Ich, dagegen, wollte meinen Samenerguss noch etwas hinaus zögern.

Schnell wechselten wir die Stellung. Maria kniete sich und ich fickte sie von hinten. Mit beiden Händen konnte ich mich so an ihrem geilen Hinterteil festhalten. Mein Schwanz war immer noch steif und ich konnte weit in sie eindringen. Es schien, als ob Maria schon lange keinen Mann mehr hatte, sie war total ausgehungert und wollte gar kein Ende finden. Oder gab es etwa einen anderen Grund für ihre Geilheit? Eines war aber sicher: Maria war kein unbeschriebenes Blatt. Hatte sie es etwa faustdick hinter den Ohren?

Ich weiß nicht, wie lange wir es damals getrieben haben, aber als wir endlich genug hatten, war es bereits weit nach Mitternacht. Ich brachte Maria noch nach Hause und als ich bei mir zuhause ankam, merkte ich, dass ich noch Marias Slip in der Jackentasche trug. Es war sogar noch etwas feucht und roch leicht nach Urin. Ich nahm ihn mit in mein Bett und brachte mich noch einmal zum Höhepunkt.

Am nächsten Morgen hatte ich verschlafen. Katja weckte mich und fand das Höschen neben meinem Bett. Sie fragte gleich: „Wem gehört das? Meins ist es nicht. Ist es etwa von der Lampe gefallen oder trägst du jetzt Damenhöschen? Muss ich mir Sorgen machen?"

„Das, das gehört einer Kommilitonin."

„Und wie kommt das zu dir? Hat sie es vielleicht im Hörsaal verloren, weil es so heiß war?"

Ich merkte, dass es keinen Sinn machte, Katja zu belügen.

„Es gehört meiner Freundin."

Katjas Stimme klang plötzlich anders, sonderbar.

„Du hast also eine Freundin. Das ist ja toll. Da freue ich mich für dich. Bring sie doch mal mit. Wie heißt sie denn?"

„Maria"

„Ah, Maria. Schöner Name."

Seit diesem Tag war Katja wie verändert. Sie wirkte irgendwie unnahbar. An unsere sogenannten Biologiestunden war zunächst erst mal nicht zu denken. Die kommenden Tage gingen wir uns so gut wie nur möglich aus dem Weg und wechselten kaum ein Wort miteinander.

6. Kapitel

In dieser Zeit lernte ich, dass es im Leben nicht nur sonnige Zeiten gibt. Ich erlebte meine erste Enttäuschung. Maria, in die ich mich so sehr verliebt hatte und der ich sehr vertraute, trennte sich völlig unerwartet von mir. Eine Begründung für diese spontane Entscheidung gab sie mir nicht. Bereits einen Tag nach unserer Trennung, sah ich sie mit einem anderen Kommilitonen rummachen. Hatte ich es nicht geahnt, dass Maria kein unbeschriebenes Blatt war. Hatte sie mich nur benutzt, quasi an der Nase herumgeführt?

Doch ich hatte Glück im Unglück. Schnell lernte ich wieder jemand kennen, die Nancy. Diesmal nicht in der Uni, sondern im Supermarkt. Wir griffen im Regal nach der gleichen Marmelade und stießen dabei zufällig mit den Händen zusammen. Vielleicht war es ja auch gar kein Zufall. Darüber, ob es Zufälle gibt, wird ja kontrovers gestritten. Ist mir auch egal. Jedenfalls kamen Nancy und ich schnell ins Gespräch. Das ging sogar so weit, dass wir uns gleich für den Abend verabredeten. Nancy hatte halblange blonde Haare und trug vorn einen Pony, welcher sehr gut zu ihrem niedlichen Gesicht passte. Sie war eher der schlanke Typ und ihre Aura einzigartig. Ihr charmantes Lächeln machte sie unheimlich sympathisch.

Während eines netten Gespräches bei einer Flasche Wein, stellten wir schnell fest, dass wir viele Gemeinsamkeiten hatten. Zufällig hatten wir auch am gleichen Tag Geburtstag. Sind also beide Wassermänner.

Doch eine Sache verschwieg mir Nancy, sie war eine Nymphomanin. Diese Tatsache bekam ich erst im Laufe der Zeit mit. Anfangs versuchte sie es noch zu verheimlichen. Lange hielt sie es jedoch nicht durch. Das erste Mal wurde ich stutzig, als wir in meinem Zimmer unseren ersten intimen Kontakt hatten. Es war mitten am Tag. Beide hatten wir Semesterferien. Katja und mein Vater waren nicht zuhause. Nachdem wir in Windeseile unsere Klamotten vom Leib gerissen hatten, fielen wir regelrecht übereinander her. Nancy wollte kein Vorspiel, sie wollte gleich richtig loslegen und mich reiten. Sie wollte selbst den Takt bestimmen. Schnell legte ich mich auf den Rücken und sofort schwang sich Nancy auf mich. Ihre Vagina war tropfnass und ich drang tief in sie ein. Sie hüpfte wie ein Gummiball auf mir herum und ich hoffte, diesmal nicht so schnell zu kommen. Obwohl sie mich mit ihren Scheidenmuskeln fast zum Wahnsinn trieb, gelang es mir schließlich auch und wir hatten einen gemeinsamen Höhepunkt. Ich entleerte mich mehrmals in ihre Möse, worauf Nancy sofort meinen Schwanz herausgleiten ließ. Mit der rechten Hand massierte sie kräftig ihren Kitzler und spritzte zugleich mit ihrem

Liebessaft mein ganzes Bett voll. So etwas hatte ich noch nie erlebt.

„Tut mir leid, David. Das ist bei mir immer so, wenn ich komme. Schlimm?", entschuldigte sich Nancy.

„Kein Problem. Mach dir keinen Kopf. Wir müssen nur das nächste Mal etwas unterlegen", beruhigte ich sie.

„Ich kann nichts dafür. Ich werde immer schnell so geil und dann überkommt es mich."

Zunächst vermutete ich, dass Nancy lange keinen Mann hatte, doch dann erzählte sie mir die ganze Wahrheit.

„David, ich glaube, ich bin eine Nymphomanin."

„Was ist das denn?", fragte ich, obwohl ich genau wusste, was sie damit meinte.

„Wie soll ich sagen? Ich brauche mehrmals am Tag Sex, das heißt einen Orgasmus. Sonst bin ich gereizt und unausstehlich."

„Mit anderen Worten, du musst jeden Tag mehrmals mit einem Mann schlafen?", fragte ich neugierig, denn ich musste ja wissen, auf was ich mich bei ihr einlassen würde.

„Das geht ja wohl schlecht. Welcher Mann würde das wohl mitmachen. Nein, fast immer, wenn ich auf der Toilette bin, bringe ich mich zum Orgasmus. Manchmal bis zu zehn Mal am Tag."

Seit diesem Tag war mir auch klar, warum Frauen so oft auf Toilette müssen. Na, ja, das war ein Spaß.

„Und seit wann geht das schon so?", fragte ich neugierig.

„Etwa anderthalb Jahre. Ich habe damals bei einem Autounfall meine große Liebe verloren. Die Selbstbefriedigung war für mich ein Mittel, um über diesen Schmerz hinwegzukommen. Im Laufe der Zeit ist jedoch eine Sucht daraus geworden. Ich hoffe, dass sich mein Sexleben über kurz oder lang wieder normalisiert. Vielleicht kannst du mir dabei helfen. Du bist der erste Mann, mit dem ich seit dieser Zeit geschlafen habe und ich denke, dass zwischen uns eine feste Beziehung entstehen könnte."

Nach diesem Geständnis schwiegen wir uns eine Weile an. Ich musste Nancys Ausführungen erst einmal verarbeiten.

„Toll, dass du den Mut hattest, es mir zu erzählen. Ich glaube, gemeinsam werden wir es schon schaffen. Wir müssen nur ganz fest daran glauben."

„Das wird aber nicht von heute auf morgen gehen. Du musst dich darauf einrichten, dass es ein langwieriger Prozess sein wird. Du musst also auf Einiges gefasst sein."

„Eine Frage habe ich aber noch: Wie konntest du dieses Problem vor den anderen Menschen geheim halten? Hat niemand etwas von deinen Sorgen und Nöten mitbekommen?"

„Weißt du, als Frau ist es ziemlich einfach gewisse Dinge zu überspielen. Frauen haben ihre Tage und müssen oft aufs Klo. Aber das weißt du ja. Ich habe dir ja bereits erzählt, was ich dann meist auf dem Örtchen mache. Ich muss nur aufpassen, dass es niemand mitbekommt. Bisher hat es immer geklappt. Manchmal aber …"

„Was ist manchmal?"

„Manchmal überkommt es mich ganz plötzlich. Und wenn keine Toilette in der Nähe ist, habe ich größere Probleme."

„Und welche?"

„Ich bekomme dann so ein Kribbeln in der Muschi und ein Verlangen, mich dort zu berühren. Aber das geht nicht immer. Besonders wenn ich unter Leuten bin."

„Und was machst du in solchen Situationen?"

„Da hilft nur eins: Den Gefühlen freien Lauf zu lassen. Das Kribbeln wird immer stärker, bis hin zu Orgasmus. Mir wird heiß, ich fange an zu schwitzen, ich spüre die Kontraktionen in meiner Vagina. Manchmal passiert es sogar, dass ich mein Höschen nass mache. Falls ich eins trage. Nein, das war nur Spaß. Wenn solche Situationen vorhersehbar sind, wie zum Beispiel bei Meetings, Ausflügen oder so, trage ich Einlagen, die das Gröbste auffangen. So, jetzt weißt du alles. Ich hoffe, ich habe dich nicht allzu sehr geschockt."

„Ich bewundere dich. Da hat jetzt sicher viel Mut dazu gehört, mir das alles zu erzählen. Und Vertrauen."

Nancy nickte und küsste mich.

„Das habe ich auch. Du bist ein toller Mensch."

Ich nahm Nancys Problem gelassen hin und wollte es erst einmal abwarten, schließlich liebte ich sie. Es schien damals so, als ob uns eine interessante Zeit bevorstehen würde.

*

Katja und Nancy verstanden sich ganz gut. Auf Anhieb fanden sie den richtigen Draht zueinander. Sogar mein Vater hatte Nancy sofort in sein Herz geschlossen. Nancy verbrachte viel Zeit und sogar viele Nächte bei uns.

Einmal kam ich etwas zeitiger vom Studium nachhause. Nancy war auch schon da. Sie hatte an diesem Tag frei. Sie sonnte sich nackt auf einer Liege im Garten und las ein Buch dabei. Ich beobachtete sie eine ganze Weile durch die geöffnete Terrassentür. Sie hatte mich nicht mitbekommen.

Nancy hatte beide Beine aufgestellt und etwas gespreizt. Mit der rechten Hand spielte sie an ihrer Möse. Ab und zu verschwand ein Finger in ihrer Vagina und man hörte ein leises Stöhnen. Wie gespannt las sie in ihrem Buch und immer schneller wurden ihre Bewegungen. Ihr Stöhnen wurde lauter. Plötzlich ließ sie das Buch auf das Gras fallen und befriedigte sich mit beiden Händen. Ihr Körper verkrampfte sich und ich sah wie er in ein rhythmisches Zucken verfiel. Aus ihrer Mitte spritzte mehrfach ihr Liebessaft. Dann ruhte Nancy für einen kurzen Moment, stand auf und kam splitternackt ins Haus.

„Hi, David, du bist ja auch schon da. Sag bloß, du hast mich die ganze Zeit beobachtet, du Spanner?", fragte Nancy erschrocken.

„Sei froh, dass nur ich es war."

„Du bist doof. Ich schäme mich so. Lass mich bitte vorbei, ich möchte jetzt duschen."

„Nein, warte", ich hielt Nancy am Arm fest. „Das war ganz schön geil und du sahst so süß dabei aus."

„Ach was. Hab ich dich geil gemacht?"

„Hier fühl mal."

Ich nahm Nancys Hand und führte sie an die Beule in meiner Hose.

„Hey, das fühlt sich ja ganz gut an. Möchtest du mit mir schlafen?", fragte sie. „Jetzt sofort. Komm schnell, der Ofen ist noch am Brennen!"

Sie nahm ihrerseits meine Hand und lenkte sie zwischen ihre Beine. Aus ihrer Mitte tropfte es, so pitschnass war sie.

„Komm, steck einen Finger rein, dann spürst du wie heiß ich noch bin."

Mein Mittelfinger flutschte in ihre Möse und von nun an hatte ich mich nicht mehr unter Kontrolle. Ich riss mir die Kleider vom Leib, schnappte Nancy und eilte mit ihr in mein Zimmer. Auf dem Weg dahin meinte sie: „Und was ist mit dem Duschen? Ich stinke bestimmt."

In meinem Zimmer angekommen schubste ich Nancy regelrecht auf mein Bett, wo sie auf dem Rücken zu liegen kam und bereitwillig ihre Beine spreizte. Schnell hüpfte ich zwischen ihre Beine und führte meinen steifen Schwanz bis zum Anschlag in ihre dürstende Möse ein. Nancy war infolge des Sonnenbades schweißgebadet und roch etwas streng. Doch das machte mich noch geiler. Ich hob ihre Arme und leckte ihr den Schweiß aus ihren Achselhöhlen. Bereits nach wenigen Bewegungen ahnte ich, dass ich wieder mal zu früh kommen würde. Das war mir aber in diesem Moment egal. Das Gefühl war so geil und meine Stöße wurden intensiver. Aber auch Nancy schien es zu gefallen. Nach wenigen Sekunden pulsierte ihre Möse und brachten mir somit einen intensiven Orgasmus. Mein Sperma spritzte in ihre Vagina. Das machte Nancy noch geiler und sie stöhnte laut, sehr laut. Gott sei Dank waren wir allein im Haus. Ich war an diesem Tag so geil, dass mein Schwanz nach diesem intensiven Orgasmus gar nicht schrumpfte. Deshalb zog ich ihn auch nicht raus, sondern begann nach einer kleinen Verschnaufpause mit der nächsten Runde. Nancy schien auch nicht abgeneigt zu sein, wollte aber die Stellung wechseln. Wiedermal lag ich unten auf dem Rücken und Nancy hopste und ritt auf mir herum. Die zweite Runde dauerte natürlich viel länger und Nancy konnte meinen großen erigierten Penis in vollen Zügen genießen. Sie hatte einen Höhepunkt nach dem anderen und konnte nicht genug bekommen. Jedes Mal spritzte sie etwas von ihrem Liebessaft auf meinen Bauch. Fast eine Stunde rammelten wir wie die Hasen, bis wir dann endlich genug hatten und uns zum Ausruhen draußen im Garten auf die Liege legten.

*

Eines Tages kam Nancy mit einer Idee zu mir. Sie zeigte mir eine Menge Bücher, die sie sich aus der Bibliothek ausgeliehen hatte. Dabei drehte sich alles um Tantra.

„Was willst du damit?", fragte ich erstaunt.

„Ich glaube, das wird mir helfen wieder normal zu werden."

„Ist das nicht was … Schweinisches?"

„Ach was. Eher was Erotisches. Möchtest du, dass ich dir etwas mehr davon erzähle? Dann könnten wir die Übungen gemeinsam machen."

„Meinetwegen. Erzählen kannst du mir ja mal was davon. Ich kann dir aber noch nicht fest versprechen, ob wir was gemeinsam machen werden."

Das, was Nancy erzählte, klang erst einmal nicht schlecht. Sie erklärte mir die sieben Chakren im menschlichen Körper und beschrieb mir ausführlich die Yoni- und die Lingam-Massage. Am meisten schwärmte sie vom Tantra Yoga, besonders dem Roten Tantra. Dabei geht es um die sexuelle Vereinigung der Partner als einen energetischen Akt."

„Okay, okay, das ist mir zu viel Theorie. Lass es uns doch gleich mal am lebenden Objekt ausprobieren", schlug ich vor und Nancy stimmte sofort zu.

„Gern. Dazu müssen wir uns zunächst nackt machen."

Nancy gab mir eine ausführliche Einführung und drückte mir anschließend eine Flasche Massageöl in die Hand. Ich breitete eine Decke auf dem Boden aus, Nancy legte sich auf den Rücken und spreizte ihre Beine. Ich kniete mich dazwischen und begann mit einer Ganzkörpermassage. Allein der Anblick ihrer gespreizten Beine und der klaffenden Schamlippen ihrer glatt rasierten Vagina, versetzten mich in sofort in höchste Erregung.

Endlich konnte ich die Yoni-Massage beginnen. Ich verteilte etwas Öl auf ihrem Venushügel und drückte behutsam mit Daumen und Zeigefinger ihre äußeren

Schamlippen. Mit den Fingern glitt ich die Schamlippen hinauf und wieder hinunter. Das Gleiche tat ich mit ihren inneren Schamlippen. Ihre Klitoris streichelte ich mit kreisenden Bewegungen entgegen des Uhrzeigersinnes. Dann drang ich mit dem Mittelfinger langsam in ihre Vagina ein und massierte mit wechselndem Druck alle Seiten. Nancy atmete schneller und ich ahnte, dass ihr Höhepunkt kurz bevor stand.

„Du machst das hervorragend. Ich glaube, ich komme gleich."

Kaum hatte sie diese Worte ausgesprochen, schon spürte ich dieses typische rhythmische Zucken in ihrer Vagina. Gleichzeitig ergoss sich ihr Liebessaft auf meinen Finger.

In diesem Augenblick ging die Tür auf und Katja stand im Zimmer.

„Oh, entschuldigt bitte. Ich wollte euch beim Tantra nicht stören."

„Du kennst dich da wohl aus?", fragte ich erstaunt.

„Na klar. Tantra habe ich ein paar Jahre professionell gemacht und sogar Kurse gegeben."

„Davon wusste ich gar nichts."

„Hat ja keiner danach gefragt."

„Hey Katja, dann möchtest du sicher gern mitmachen?", fragte Nancy, „Von dir könnten wir sicher noch viel lernen."

Ich war perplex. Hatte Nancy denn gar kein Schamgefühl?

„Ja gern. David, machst du mir bitte auch so eine Yoni-Massage. Dann sind wir beiden Mädels auf dem gleichen Stand", schmunzelte Katja.

Katja gab Nancy einen Kuss auf den Mund.

„Oh, prima, danke, ich darf mitmachen."

Das erinnerte mich an die Worte von Sarah, als sie mir von Katjas alten Zeiten erzählte und auch davon, dass sie auch gern mit Frauen rummachte. Nancy schien aber auch nicht abgeneigt zu sein und fragte Katja: „Hättest du etwas dagegen, wenn ich dich massieren würde? Ich glaube, David braucht erst einmal eine Pause. David, du kannst ja zuschauen. Das wird dir sicher gefallen."

„Prima. Na, dann macht mal los. Ich bin gespannt, wie ihr Mädels das macht."

Auf was habe ich mich hier nur eingelassen, dachte ich mir. Das kann ja heiter werden.

Nachdem sich Katja splitternackt ausgezogen hatte, ging es bei Nancy auch gleich zur Sache. Sie verteilte etwas Öl auf Katjas Körper und schnell arbeitete sie sich zu Katjas Heiligtum vor. Katja genoss die Massage mit geschlossenen Augen und schnurrte dabei wie ein Kätzchen. Man sah es Nancy förmlich an, dass es ihr Freude machte, Katja zu massieren.

Nach der Yoni-Massage wollten beide eigentlich mich massieren, mir eine sogenannte Lingam-Massage verpassen. Aber nachdem sie mir kurz schilderten, wie eine derartige Massage abläuft, verzichtete ich freiwillig darauf. Stattdessen beschlossen die Mädels sich abwechselnd mit ihrer Yoni auf meinen erigierten Penis zu setzen und somit Energie durch unsere Körper fließen zu lassen. Ich hatte zwar Bedenken, dass dabei etwas ganz anderes fließen könnte, stimmte aber letztendlich zu. Eigentlich sollte ich dabei sitzen. Doch das war mir zu unbequem. Ich zog es deshalb vor, mich auf den Rücken zu legen, und zwar im Bad auf den Fußboden, auf dem ich ein Paar Handtücher ausbreitete. Mit meiner Erektion hatte ich keine Probleme. Das Ding stand immer noch wie eine Eins.

Als erstes setzte sich Katja auf mich. Mein steifer Penis drang tief in ihre feuchtwarme Vagina ein. Ein himmlisches Gefühl. Als sie dann noch mit ihren Scheidenmuskeln spielte, war ich nahe dran, abzuspritzen. Doch ich verstand es mich abzulenken und an etwas anderes zu denken. Katja murmelte etwas von Chakren und wie sie die Energie von einem zum anderen Chakra leitete. Ich dagegen dachte an das letzte Spiel von Bayern München. Nancy saß die ganze Zeit im Schneidersitz neben uns. Mit einer Hand streichelte sie Katjas Brust und mit der anderen massierte sie ihre Klitoris. Dabei gab es auch einige Höhepunkte. Irgendwie schafften wir es eine Viertelstunde ohne Orgasmus auszuhalten. Dann wechselten die Mädels und Nancy setzte sich auf mich. Katja dagegen setzte sich nicht neben uns auf den Boden, sondern kauerte über meinem Gesicht, sodass ich bequem den Schleim aus ihrer nassen Möse lecken konnte. Nancy und Katja hielten sich in den Armen und küssten sich. Es dauerte nicht einmal fünf Minuten, bis Nancy ihren ersten Höhepunkt hatte. Dabei ließ sie meinen Schwanz aus ihrer Möse gleiten und spritzte mir in hohem Bogen ihren Liebessaft auf den Bauch. Der Strahl war so intensiv, dass er sogar mein Gesicht und Katjas Möse traf. Katja dachte, Nancy pinkelte mich an, lachte laut und begann ihrerseits Nancy anzupinkeln. Da wollte ich kein Spielverderber sein und machte das Spielchen mit. Ich pinkelte beide an und wir hatten viel Spaß dabei. Gott sei Dank waren wir allein im Haus und konnten anschließend alles wieder sauber machen.

*

Ein paar Tage später ließ Nancy die Katze aus dem Sack. Nachdem wir abends ins Bett gegangen waren und gerade kuscheln wollten sagte sie: „David, ich muss dir was gestehen: Ich bin bisexuell. Ich mag auch Frauen. Bist du jetzt böse?", fragte sie mich.

Für den Moment war ich sprachlos. Auch das noch, dachte ich. Insgeheim hatte ich es schon vermutet, aber nie so richtig daran geglaubt. Für eine Weile sagte ich kein Wort, dann meinte ich: „Oh, damit hätte ich jetzt nicht gerechnet. Wie soll das nun weitergehen mit uns?"

„Das weiß ich auch nicht. Tut mir leid. Ich habe gemerkt, dass ich auch mit Frauen kann."

„Muss ich jetzt Angst haben, dich an eine Frau zu verlieren, weil du eines Tages nicht mehr mit Männern kannst?"

„Ich weiß es nicht. Es ist sicher eine doofe Situation für dich. Aber es ist besser, wenn ich dir die Wahrheit sage. Irgendwann würdest du es sicher mitbekommen. Du hast dich bestimmt schon gewundert, dass ich mit Katja so gut kann. Ja, das stimmt. Ich mag sie. Ihr Körper macht mich genauso an, wie deiner. Ich weiß auch nicht, was ich machen soll. Vielleicht sollten wir mal eine Auszeit nehmen, damit ich mit mir ins Reine komme."

„Du glaubst also, dass du lieber mit Katja zusammen sein möchtest, als mit mir?"

„Ich weiß es eben nicht, aber ich möchte es herausfinden. Deshalb die Auszeit. Lass uns einfach eine Nacht darüber schlafen."

Ich nahm Nancy in den Arm und drückte sie ganz fest.

„Meinetwegen, wenn du denkst, dass dies der richtige Weg ist."

Am nächsten Morgen war Nancy verschwunden. Ich hatte es nicht mitbekommen. Auf dem Tisch lag ein Zettel, darauf stand: Danke für die schöne Zeit. Vielleicht bis bald. Deine Nancy.

Ja, das war's dann wohl. Ich war sehr traurig. Mit so einer schnellen Trennung hatte ich nicht gerechnet. Eigentlich passten wir ja gut zusammen. Insgeheim hatte ich Hoffnungen, dass wir doch wieder zueinander finden werden und, dass diese Auszeit recht bald ein Ende nehmen würde.

Ein paar Tage später kam mein Vater von seiner Dienstreise zurück. Er übernahm in der Firma einen anderen Job und seine Dienstreisen waren somit erst einmal beendet. Das hatte natürlich auch Konsequenzen für mich und Katja. Unsere Lehrstunden konnten wir erst einmal vergessen. Aber diese erotischen Schulungen sind in letzter Zeit, seitdem ich Nancy kennengelernt hatte, sowieso etwas zu kurz gekommen.

7. Kapitel

Mittlerweile kannten sich Vater und Katja etwa drei Jahre und es bahnte sich eine tiefgreifende Veränderung an. An einem lauen Mai-Abend, mein Vater, Katja und ich saßen gemütlich auf unserer Terrasse, ließ mein Vater die Bombe platzen. Vater und Katja planten ihre Hochzeit. Sie sollte noch im Sommer stattfinden. Einerseits freute ich mich, andererseits hatte ich Bedenken, wie Katja wohl mit dem Geheimnis ihrer Vergangenheit leben konnte.

Am nächsten Tag redete ich mit ihr und wollte sie dazu bringen, meinem Vater noch vor der Hochzeit die ganze Wahrheit zu erzählen. Doch Katja war nicht dazu zu bewegen. Sie meinte, das was war ist vorbei und sie sollten nur an ihre Zukunft denken.

„David, wenn ich mit deinem Vater von meiner Vergangenheit im Swinger-Klub reden soll, dann müssen wir ihm auch von unseren Liebeleien erzählen. Das ist für ihn sicher noch schlimmer, als meine Vergangenheit. Das was war, ist vorbei, aber unsere heimliche Beziehung existiert in der Gegenwart. Das zählt viel mehr. Als erstes müssen wir unsere Beziehung beenden und zwar sofort", forderte Katja.

Wieder einmal war ich ganz anderer Meinung und plante mit meinem Vater zu reden, denn nur mit der ganzen Wahrheit lässt sich eine gemeinsame Zukunft aufbauen. Doch der Zufall nahm mir diese schwierige Entscheidung ab.

Als ich ein paar Tage später vom Studium nach Hause kam, war keine Katja da. Zunächst nahm ich an, dass sie einkaufen wäre. Doch als ich sah, dass sämtliche Sachen von ihr fehlten, rechnete ich mit dem Schlimmsten.

Nachdem Vater am Abend von der Arbeit kam, erzählte er mir die ganze Geschichte. Er und Katja waren am Vorabend beim Italiener essen gewesen. Dort kam ein ehemaliger Bekannter von Katja an den Tisch und begrüßte sie. Sie sprachen ein paar Worte über ihre Vergangenheit. Plötzlich meinte der Bekannte, dass alle Männer sie in der Roten Lola schmerzlich vermissen würden. Katja war es sehr peinlich, darauf angesprochen worden zu sein. Sie bekam einen roten Kopf und konnte meinem Vater kaum noch in die Augen schauen.

Als der Bekannte wieder weg war, wollte mein Vater Genaueres über diese sogenannte Rote Lola wissen. Katja blieb nichts anderes übrig, als ihm die Wahrheit zu erzählen, dass sie mehrfach in der Woche dort war, manchmal auch alleine. Und dass sie am Abend manchmal mit mehreren Männern Sex hatte. Sie meinte jedoch, dass dies alles weit in der Vergangenheit geschehen sei und, dass sie damit abgeschlossen hätte.

Mein Vater konnte diese Wahrheit jedoch nicht verkraften. Er hätte sich gewünscht, dass Katja ihm von Anfang an davon hätte erzählen müssen. Er fühlte sich hintergangen, denn wäre es an diesem Abend nicht zu dieser Begegnung mit dem ehemaligen Bekannten von Katja gekommen, hätte mein Vater wohl nie von ihrer Vergangenheit erfahren. Der nachfolgende Streit war so heftig, dass Katja es vorzog, sich von Vater zu trennen.

Für mich war diese Entscheidung mit einschneidenden Veränderungen verbunden. Von nun an musste ich während Vaters Abwesenheit allein für mich sorgen. Zudem bekam ich eines Tages mit, dass sich Nancy regelmäßig mit Katja traf. Sie hatte sich also entschieden. Die Auszeit war beendet, jedoch zu Ungunsten für mich. Nancy zog es vor, lieber eine gleichgeschlechtliche Beziehung einzugehen. Offensichtlich hatten sich beide sehr gern. Da kann man nichts machen. Ich hakte Nancy ab und hoffte, bald wieder ein Mädchen kennenzulernen. Ich hatte ja aus den letzten Beziehungen gelernt und konnte meine Schüchternheit weitestgehend überwinden.

*

Vater kam glücklicherweise schnell über diese große Enttäuschung mit Katja hinweg. Nach wenigen Monaten stellte er mir eine neue Freundin vor, die Sonja. Die Beiden lernten sich auf Arbeit kennen. Das heißt, sie arbeiteten schon einige Jahre zusammen, Sonja war nämlich Vaters Sekretärin und im Prinzip auch seine zweite Hand. Bei längeren Dienstreisen war sie oft an seiner Seite, auch im Ausland. Sonja hatte sich zwei Jahre zuvor von ihrem Mann scheiden lassen. Sonja und Vater waren also Singles und trafen sich hin und wieder zum Kaffee oder waren auch mal zusammen essen. Nach und nach stellten sie fest, dass sie ganz gut zusammenpassen und es wurde Liebe daraus. Nach kurzer Zeit zog Sonja auch schon bei uns ein. Leider fand ich am Anfang nie den richtigen Draht zu ihr. Irgendwie stimmte bei uns die Chemie nicht. Meiner Meinung war sie sehr von sich eingenommen und überheblich. Meinem Vater schien es anscheinend nichts auszumachen.

Sonja hatte jedoch eine Tochter, die Mandy, mit der kam ich blendend aus. Mandy hatte die gleiche blonde Haarfarbe wie ihre Mutter und war zwei Jahre jünger als ich. Mandy und ihre Mutter sahen sich, was ihre Körper anbetraf, zum Verwechseln ähnlich, fast wie eineiige Zwillinge. Mandy hatte nur ein Manko: Drücken wir es mal diplomatisch aus, sie war nicht unbedingt die Attraktivste, kurz gesagt, sie ließ sich etwas gehen. Im ganzen Gegensatz zu ihrer Mutter, die sich jeden Tag fürs Büro aufmotzte. Mandy hatte zwar eine tolle Figur, aber ansonsten lief sie stets ungeschminkt und mit strähnigen, fetten Haaren rum. Mit der Hygiene nahm sie es auch nicht so ernst, das heißt, meist vollzog sie morgens nur eine Katzenwäsche, anstatt gründlich zu duschen und sich die Haare zu waschen. Hin und wieder vergaß sie sogar, ihre Unterwäsche täglich zu wechseln. All dies störte mich ein wenig, jedoch hoffte ich, dass sich dieses Manko im Laufe der Zeit noch zum Positiven entwickeln würde. Schließlich wohnte sie mit in unserem Haus.

Darüber hinaus hatte Mandy ein gestörtes Verhältnis zu Jungs. Sie hatte als Vierzehnjährige mal ein schreckliches Erlebnis mit einem Jungen gehabt. Sie wurde von einem Klassenkameraden brutal vergewaltigt, als sie noch Jungfrau war. Der Kerl flog anschließend zwar umgehend von der Schule, doch Mandy war seitdem traumatisiert. Nach diesem Erlebnis hatte sie keinen Freund mehr und wie es damals aussah, wollte sie zunächst auch keine feste Beziehung.

Mandy war mir gegenüber sehr offen und ehrlich. Ich schien von Anfang an ihr Vertrauen gewonnen zu haben. Mandy und ich konnten über alles reden, sie sprach sogar über ganz intime Dinge mit mir. Bestimmt war ich so eine Art Beste-Freundinnen-Ersatz. Eines Morgens, Sonja und Vater hatten bereits das Haus verlassen um auf Arbeit zu gehen, ging ich ins Bad und sah, dass Mandy in der Wanne saß und ein Bad nahm. Die Badezimmertür hatte sie nicht abgeschlossen. Bis heute weiß ich nicht, ob es damals Absicht war. Bisher hatte Mandy immer nur geduscht, ein Bad hatte sie bisher noch nie genommen. Ich hatte Hoffnung, dass bei ihr doch noch der Reinlichkeitsfimmel ausbrechen würde.

„Hi, David, schön, dass du kommst. Kannst du mir bitte den Rücken waschen?", fragte sie mich und hielt bereits den Waschlappen in der Hand.

„Klar, mache ich doch gern."

Ich nahm den eingeseiften Waschlappen und erfüllte ihr mit großer Freude den Wunsch, denn dabei konnte ich Mandys Körper etwas genauer inspizieren. Sie hatte tatsächlich eine super Figur und wunderschöne, pralle Brüste.

„Hast du nicht Lust, mit mir zusammen zu baden?", fragte sie anschließend und schmunzelte. „Ich habe noch nie mit jemand anderen in der Wanne gesessen."

Ich überlegte kurz, dann sagte ich: „Klar, warum nicht. Wir werden schon zusammen genug Platz haben."

Ich zog mich aus und setzte mich in der Wanne Mandy gegenüber.

„Möchtest du noch mehr von mir waschen?", fragte sie schelmisch.

„Was denn zum Beispiel?"

Mandy beugte sich zu mir vor. „Na meine Brüste."

Wieder zögerte ich, denn ich hatte schon eine mächtige Erektion und wollte nicht, dass Mandy meine Erregung mitbekam.

„Na, was ist? Mach schon! Oder gefallen dir meine Titten nicht?"

Während Mandy mir diese Frage stellte reichte sie mir schon wieder den Waschlappen.

„Oder willst du sie ohne Waschlappen waschen?"

„Das wäre mir lieber."

„Du Schlitzohr. Du kannst auch beide Hände nehmen. Wozu hat man zwei Hände."

Ich nahm etwas Duschbad und massierte ihr anschließend ganz zärtlich ihren Busen. Es fühlte sich wunderschön an, ihre Brüste zu waschen. Sie waren recht groß und fest und ihre Nippel waren hart. Mandy genoss es, denn sie hatte ihre Augen geschlossen. Nach einem kurzen Augenblick nahm sie meine rechte Hand und führte sie hinunter an ihre Vagina. Sie war nicht rasiert, aber wozu auch. Kaum ein paar blonde Härchen sprießten an ihrer Scham.

„Hier bitte auch. Aber sei ganz vorsichtig", bat sie mich.

Ich spürte deutlich, wie sich ihre kleinen Schamlippen geöffnet hatten. Ihr Kitzler war deutlich zu fühlen. Plötzlich schreckte ich etwas zurück. Hatte sie sich doch mir nichts dir nichts meines Schwanzes bemächtigt und wollte gerade anfangen ihn zu wichsen. Doch das ging mir ein wenig zu weit. Ich stieg umgehend aus der Wanne. Meine Erregung war nicht zu übersehen.

„Schade, ich hätte das gern noch zu Ende gebracht", meinte Mandy sichtlich traurig.

Traumatisiert kam mir Mandy zu diesem Zeitpunkt jedenfalls nicht vor und ich wunderte mich ein wenig über ihr Verhalten, über ihr zielgerichtetes Vorgehen mir gegenüber.

*

Danach passierte ein paar Tage nichts Außergewöhnliches mehr zwischen Mandy und mir. Eines Nachts jedoch, Vater und Sonja waren wieder mal auf Dienstreise, ging die Tür zu meinem Zimmer auf und Mandy schlich herein. Es zog gerade ein schweres Gewitter über uns hinweg. Es regnete in Strömen und es blitzte und donnerte unaufhörlich.

„Ich habe Angst vor Gewittern. Kann ich mich zu dir in dein Bett kuscheln?", fragte sie schüchtern.

„Meinetwegen", antwortete ich ihr noch halb im Schlaf. Komm!"

Ich hob die Bettdecke an und Mandy huschte zu mir ins Bett. Sie trug nur ein T-Shirt, das nicht mal ihre Scham bedeckte.

„Du bist ja nackt. Bist du ein Nacktschläfer?", fragte Mandy als ihre Hand beim Kuscheln flüchtig meinen Penis berührte.

Ich bejahte.

„Dann zieh ich mein T-Shirt auch aus."

Während Mandy ihr T-Shirt auszog, stellte ich fest, dass sie ihrem Ruf als Hygiene-Vernachlässigerin alle Ehre machte. Sie roch etwas streng. Aber ich nahm es so hin. Es war eben ihre ganz persönliche Note.

Wir kuschelten in der Löffelchen-Stellung, Mandy hinter mir.

„Dein Schwanz ist ja auf einmal so groß. Ist das wegen mir?", kicherte Mandy.

„Siehst du noch jemand hier in meinem Bett?"

„Darf ich mal anfassen?"

Ohne meine Antwort abzuwarten, hatte Mandy auch schon meinen Schwanz in der Hand.

„Fühlt sich schön an. Solch ein Spielzeug hätte ich auch gern."

Ihre kleine Hand konnte das gute Stück gerade so umgreifen. Mit dem Daumen und Zeigefinger formte sie einen Ring und bewegte ihn von der Eichel bis zum Schaft. Ihre zärtliche Hand erregte mich sehr und ich musste mich zusammenreißen, damit ich nicht sofort kam.

Mandy schob die Bettdecke weg und sagte: „Das muss ich mir genauer ansehen."

Sie legte ihren Kopf auf meinen Bauch und studierte jeden Millimeter meines erigierten Gliedes. Auf einmal spürte ich ihre Zunge an meiner Eichel und wenig später verschwand der halbe Penis in ihrem Mund.

„Das haben Männer gern. Ich weiß das."

„Ja", stimmte ich zu. „Aber sei bitte vorsichtig, sonst …"

„Sonst spritzt du in meinen Mund. Na und. Mach doch."

Immer heftiger wurden ihre Bewegungen, bis ich mich nicht mehr beherrschen konnte und ihr tatsächlich mein Sperma in den Mund spritzte. Sie schluckte alles. Jetzt erst bekam ich mit, dass sie sich mit einer Hand ihre Möse rubbelte. Kurze Zeit später kam auch sie zum Höhepunkt. Etwa zehn Minuten verharrten wir anschließend in dieser Position, ohne ein Wort zu sagen. Dann meinte Mandy: „Mein erstes Sperma in meinem Mund. War ich gut?"

„Phantastisch", stöhnte ich leise.

„Darf ich dich um was bitten?", fragte Mandy.

„Ja, was soll ich tun?"

„Leck mich bitte. Mich hat noch kein Mann geleckt und ich sehne mich so sehr danach."

Schnell legte sich Mandy auf den Rücken, spreizte weit ihre Beine und präsentierte mir ihre klaffende Möse mit ihrem geschwollenen Kitzler. Ich kniete mich vor das Bett, nahm zunächst ihre kleinen zarten Füße in die Hand und leckte an deren Zehen. Es störte mich nicht, dass sie etwas rochen und salzig nach Fußschweiß schmeckten. Doch lange konnte ich mich nicht an ihren Zehen aufhalten, denn Mandy bettelte unaufhörlich geleckt zu werden. Als ich meine Zunge in ihr klatschnasses Loch stieß und sie zu lecken begann, wusste ich auch warum. Sie war spitz wie Nachbars Lumpi. Aus ihrer Grotte lief der Liebessaft in Strömen. Auch ihre Möse roch etwas streng. Doch ich sparte mir eine entsprechende Bemerkung, denn ihr intensiver Geruch schien mich noch geiler zu machen. Mir war klar, dass dies ein langer Abend werden würde. Ein hartes Stück Arbeit lag vor mir und ich hoffte, dass ich meiner schwierigen Aufgabe gerecht werden konnte.

Meine flinke Zunge, brachte sie nach kurzer Zeit heftig zum Abspritzen. Ich fing alles mit dem Mund auf. Inzwischen war auch mein Schwanz wieder zu neuen Taten bereit. Doch ich traute mich nicht, in sie einzudringen. Ich legte mich neben sie und küsste sie auf den Mund. Mehr und mehr fand ich Gefallen an ihrem strengen Körpergeruch. Ich hob sogar ihre Arme an und roch an ihren Achseln, deren Härchen nass vom Schweiß waren. Aber das alles machte mir nichts aus. Im Gegenteil, es machte mir Appetit nach mehr.

„Du bist so zärtlich", flüsterte Mandy. „Du wirst dich sicher wundern, dass ich so spitz bin. Du glaubst mir bestimmt nicht, dass ich seit vier Jahren keinen Mann hatte. Aber das ist die Wahrheit. Ich habe mir alles aufgespart, bis eines Tages der Richtige kommen würde. Und ich bin mir ganz sicher, dass du der Richtige bist."

„Und was hast du in der Zwischenzeit mit deiner Sexualität gemacht?"

„Ich habe es mir selbst gemacht. Was sonst. Ich habe vieles ausprobiert. Vieles fand nur in meinem Kopf in meiner Phantasie statt. Ich hatte mir nichts sehnlicher gewünscht, als einmal einen Mann kennenzulernen, mit dem ich sämtliche Phantasien ausleben und ich alles nachholen kann. Ich weiß, dass das mit uns nicht auf Dauer so weitergehen kann. Ich glaube auch nicht, dass wir auf Dauer zusammen passen würden. Aber wenigstens im Jetzt. Wir wollen die Gegenwart genießen und nicht an die Zukunft denken. Das Jetzt ist phantastisch schön und wir wollen es zusammen genießen. Ich hoffe, du siehst das auch so, wie ich."

Mandys Worte rührten mich. Das hatte sie schön gesagt. Ich schwieg und drückte Mandy ganz fest an mich. Ihre Worte erinnerten mich etwas an die Hippiezeit in den Sechzigern, genau wie bei Maria damals. Ich war bereit, mich auf dieses Abenteuer einzulassen, unabhängig davon wie lange es dauern würde. Mandy überzeugte mich, das Jetzt zu genießen mit allen sexuellen Freiheiten.

„Dein Schweigen deute ich als Zustimmung. Ich freue mich. Seit vier Jahren habe ich nicht mit einem

Mann geschlafen. Aber mit dir möchte ich es gern tun. Jetzt und sofort. Du auch?", fragte mich Mandy.

Ich nickte.

„Sei bitte ganz vorsichtig und tue mir bitte nicht weh. Leg dich am besten auf den Rücken, dann kann ich alles selbst bestimmen."

Ich legte mich auf den Rücken und Mandy schwang sich auf mich. Mein Schwanz lag steif auf meinem Bauch und wartete auf seinen Einsatz. Mandy zögerte aber noch. Zunächst nahm sie meinen Penis in beide Hände und es sah so aus, als würde sie ihm gut zureden. Mandy beugte sich langsam nach vorn, um mich zu küssen. Dann nahm ich ihre großen Brüste in meine beiden Hände und nuckelte an ihren steifen Nippeln. Nun richtete sie sich wieder auf, nahm meinen Schwanz und führte ihn sich langsam in ihre Möse ein. Ihre Vagina war zwar sehr nass, aber wiederum noch sehr eng, sodass es ein wunderschönes erregendes Gefühl für mich war. Ich hoffte sehr, dass ich nicht so schnell abspritzen würde, denn ich wollte das geile Gefühl solange, wie möglich genießen. Mandy bewegte sich zunächst sehr langsam und gefühlvoll. Doch bald wurden ihre Bewegungen schneller. Sie zeigte mir, dass sie sehr ausgehungert war und sich nach Befriedigung sehnte. Nach wenigen Sekunden spürte ich die rhythmischen Zuckungen in ihrer Vagina, die auch mich nicht kalt ließen. Gemeinsam spritzen wir ab.

Dies war auch gleichzeitig der Höhepunkt unserer ersten sexuellen Begegnung. Ich machte mir damals ernsthaft Gedanken, wo dies alles enden sollte. Zumal Mandy ja sagte, dass sie mit mir ihre sexuellen Phantasien ausleben möchte. Ich wollte einfach alles auf mich zukommen lassen. Ein paar Hintergedanken hatte ich aber doch, besser gesagt, einen geheimen Plan. Vielleicht gehörten auch Wasserspiele zu ihren Phantasien. Ich wollte es genauer wissen.

*

Ein paar Tage später kam sie nachts erneut in mein Bett geschlichen. Ich war gerade eingeschlafen, wachte aber sofort wieder auf.

„Hi David, ich kann nicht schlafen. Meine Muschi ist so geil und nass. Früher hätte ich mir selbst Abhilfe geschaffen, aber nun habe ich ja dich. Du warst das letzte Mal so phantastisch. Mein Möslein sehnt sich so sehr nach deinem Schwanz."

Ich war noch etwas schlaftrunken, aber ihre Bitte konnte ich nicht abschlagen.

„Dann musst du ihn aber vorher etwas in Stimmung bringen."

„Sehr gern. 69 ist das Stichwort. Wir machen es uns gegenseitig", schlug Mandy vor.

Umgehend zog sich Mandy aus und positionierte ihren Körper auf meinem, sodass ich bequem ihre Möse lecken konnte. Nach wenigen Augenblicken hatte sie meinen Schwanz einsatzfähig geblasen, während ich ihre tropfende Möse schleckte. Sofort wechselte Mandy die Position, setzte sich auf meinen steifen Schwanz und begann auf mir zu reiten. Eine gute Gelegenheit, sie zu fragen.

„Kommen unter deinen Phantasien auch Wasserspiele vor?"

„Was verstehst du unter Wasserspielen?", fragte Mandy, indem sie sich weiter auf meinem Penis auf und ab bewegte.

Ich dachte, wenn sie so doof fragt, wird sie sicher noch nichts von diesen sexuellen Vorlieben gehört haben und versuchte, etwas vorsichtiger an die Sache heranzugehen. Was ich einmal begonnen hatte, musste ich nun auch zu Ende bringen.

„Ich, ich meine solche Natursektspiele."

„Ach, du meinst anpinkeln", sofort unterbrach sie ihren Ritt und saß bewegungslos auf meinem Schwanz. „Na, klar, habe ich davon gehört. Aber ich weiß nicht, ob ich mich dafür begeistern könnte. Ist das nicht ein wenig eklig?"

„War nur so eine Frage. Hat mich eben interessiert."

„Stehst du etwa auf solchen Schweinkram?"

Mein Penis schrumpfte auf Zwergengröße. Mir war es sehr peinlich, diese Frage gestellt zu haben.

„Nein, nein. War nur eine Frage. Wir wollen uns ja gegenseitig kennenlernen."

In diesem Moment flutschte mein Glied vollständig aus Mandys Möse.

„Was ist? Hast du einen Hänger?"

„Am besten, wir fangen noch einmal von vorn an und verzichten auf solche tiefgründigen Fragen."

Nach einem erneuten Anlauf, kamen wir dann doch noch auf unsere Kosten.

*

Bereits zwei Tage später stand sie nachts schon wieder bei mir auf der Matte, beziehungsweise dem Bettvorleger. Schnell ging es wieder richtig zu Sache, bis Mandy sagte: „Entschuldige bitte, ich muss mal für kleine Mädchen."

Doch weit kam sie nicht. Nach wenigen Augenblicken war sie wieder zurück.

„Dein Vater und Mutter sind gerade gekommen und sind sofort ins Bad gegangen. Wahrscheinlich wollen sie duschen. Sie haben mich aber nicht gesehen. Komm, lass uns erst einmal weitermachen. Ich halte es schon noch ein wenig aus."

Mandy schwang sich gleich wieder auf mich und führte meinen erigierten Penis langsam in ihre warme und feuchte Vagina. Er fühlte sich gleich wieder wie zuhause. Nach wenigen Bewegungen fiel mir auf, dass Mandy ganz schön gegen ihren Harndrang ankämpfte. Krampfhaft versuchte sie, ihre Blase vor dem Bersten zu bewahren, indem sie ihre Scheidenmuskeln anspannte. Dies führte aber dazu, dass meine Gefühle immer intensiver wurden und ich es kaum noch aushielt. Als ich dann noch etwas Warmes und Nasses auf meinem Bauch spürte, stand ich kurz vor dem Orgasmus. Mandy pinkelte mir tatsächlich auf meinen Bauch. Doch genau in diesem Augenblick unterbrach Mandy ihre Aktivität und kletterte fix hinauf zu meinem Gesicht.

„Schnell, mach deinen Mund auf. Ich kann es nicht mehr halten. Ich tropfe schon. Meine Blase platzt gleich."

Ich öffnete weit meinen Mund und im gleichen Moment schoss auch ein starker Stahl ihres warmen goldenen Wassers in meinen Mund. Ich schluckte so schnell ich konnte, doch so sehr ich mich auch bemühte, ich konnte nicht verhindern, dass ein Teil aus meinem Mund lief und das Kopfkissen nass machte. Während sich Mandy in meinen Mund entleerte, spritzte mein Sperma in mehreren Schüben auf meinen Bauch und gleichzeitig pulsierte Mandys Möse.

„Mann war das geil", sagte Mandy als der letzte Tropfen ihres Wasser ihre Möse verlassen hatte. „Ich glaube so einen intensiven Orgasmus hatte ich noch nie. Das meinst du also mit Natursektspielen."

„Ja, das meinte ich", nickte ich.

„Ich glaube, daran könnte ich mich gewöhnen."

*

Da hatte ich vielleicht was angerichtet. Von nun an wollte Mandy bei jedem Besuch Pissspiele mit einbeziehen. Sie kam erst zu mir ins Bett, wenn ihr Harndrang kurz vor dem Höhepunkt war und sie es kaum noch halten konnte. Sie meinte, dann wären die Orgasmen am intensivsten. Meist sind wir dann gleich ins Bad gegangen, denn solche Spielchen konnten wir nur veranstalten, wenn wir alleine zuhause waren. Im Bad breiteten wir Handtücher auf dem Boden aus, damit wir es etwas bequemer hatten. Je nach Lust und Laune lag einmal Mandy auf dem Rücken und einmal ich. Die Missionarsstellung machte uns auch viel Vergnügen. Besonders geil war es, wenn Mandy weit ihre Beine spreizte und ich langsam meinen Schwengel in ihre gierige, nasse Spalte einführte. Manchmal drückte ich dabei zusätzlich noch auf ihren Bauch indem sich eine bis zum Eichstrich gefüllte Blase befand, die jeden Moment überlaufen konnte.

*

Wie ich bereits erwähnte, waren Sonja und ich zwar nicht die besten Freunde, aber im Großen und Ganzen kamen wir ganz gut miteinander aus. Ein merkwürdiges Erlebnis mit ihr, welches unser Verhältnis schlagartig veränderte, möchte ich nicht vergessen zu erwähnen. Eines Tages kam ich etwas eher vom Studium zurück, da eine Vorlesung ausgefallen war. Vater war mal wieder alleine auf Dienstreise, weil Sonja wegen Rücken krankgeschrieben war. Ihr ging es aber schon wieder ganz gut. Mandy hatte sich mit ihrer besten Freundin getroffen, sodass ich mit Sonja allein war. Sie saß am Couchtisch und hatte bereits eine halbe Flasche Wein ausgetrunken.

„Hi David, darf ich dich mal was fragen?"

„Klar, frag nur."

„Dein Vater hat doch bald Geburtstag. Da möchte ich ihm ein ganz besonderes Geschenk machen."

„Und an was hast du gedacht?", fragte ich.

„Ich, ich möchte ihm ein Fotobuch mit erotischen Fotos von mir schenken."

„Prima Idee. Warst du schon beim Fotograf?"

„Nein, das ist ja mein Problem. Der Fotograf ist viel zu teuer. Kannst du nicht …"

Ich schaute Sonja mit großen Augen an und staunte, dass sie mir so etwas zutraute. Fotografieren gehörte zwar zu meinen Hobbies, aber Aktfotos hatte ich noch nie gemacht. Aber es gibt immer ein erstes Mal und ich wollte sie ja auch nicht enttäuschen.

„Ich soll dich also fotografieren?"

„Das hatte ich mir so vorgestellt. Du hast doch diese tolle Spiegelreflexkamera."

„Und wann?"

„Jetzt sofort, bevor Mandy kommt. Sie würde sonst etwas irritiert sein."

„Und was sagen wir Vatter, wer die Fotos geschossen hat?"

„Die Kamera hat doch einen Selbstauslöser, oder?"

„Klar hat sie. Okay, dann werde ich sie mal holen gehen."

Ich verschwand in meinem Zimmer, holte die Kamera und als ich zurückkam, saß Sonja bereits, nur mit Unterwäsche bekleidet, auf der Couch. Sie sagte mir, dass sie die Dessous extra für die Fotos gekauft hätte.

Es war gar nicht so einfach für die verschiedenen Fotos Licht und Position in Einklang zu bringen. Doch wir schafften es gemeinsam. Wir probierten viel aus, schauten uns anschließend die Fotos an und machten weiter. Es machte großen Spaß. Je mehr Fotos wir schossen, desto weniger hatte Sonja an. Zwischendurch wechselte sie einige Male ihre Dessous und ich konnte ihr dabei zuschauen, ohne dass sie sich schämte. Bei den letzten Fotos war sie komplett nackt. Die waren die schwersten, denn die Fotos sollten ja nicht pornografisch rüberkommen, sondern viel Erotik ausstrahlen. Am Ende hatten wir einige Hundert Fotos geschossen.

Als ich eigentlich schon aufhören wollte, sagte Sonja: „So und jetzt machen wir noch ein paar Fotos für dich."

„Wie meinst du das?", fragte ich erstaunt.

„Frag nicht so doof", antwortete sie und setzte sich mit weit gespreizten Beinen auf die Couch. Mit beiden Händen zog sie ihre Schamlippen auseinander und präsentierte mir ihre weit geöffnete Möse mit ihren spärlichen blonden Härchen. Anfangs war es mir peinlich, solche Fotos von ihr zu schießen, doch ich gewöhnte mich sehr bald daran und es machte mir sehr viel Spaß. Sonja schien es zu genießen, sich vor mir in derartigen Posen zu präsentieren, denn mir fiel auf, dass ihre Möse von Foto zu Foto feuchter wurde und schon bald ein kleines Rinnsal aus ihr sickerte. So an die Hundert Fotos schoss ich von ihr in solchen, fast schon pornografischen, Positionen.

„Ich glaube das reicht jetzt erst einmal. Wir können diese Fotosession ja ein anderes Mal fortsetzen", meinte Sonja. Ich war froh, dass Sonja diesen Vorschlag machte, denn meine Hose war schon recht feucht.

Auch Sonja muss dieses Fotoshooting sehr erregt haben, denn als sie von der Couch aufstand, sah ich, dass ihr Saft an den Beinen herunter rann und es bereits aus ihrer Muschi tropfte. Was für ein geiler Anblick.

Ich ging schnell in mein Zimmer und schaute mir die Fotos noch einmal an. Die letzten Fotos erregten mich so sehr, dass ich mich dabei selbst befriedigte. Schnell kam ich zum Höhepunkt und spritzte in mein

Taschentuch. Plötzlich hörte ich eine Stimme hinter mir.

„Haben dir die Fotos also gefallen. Dachte ich es mir doch."

Ich war dermaßen erschrocken, dass ich förmlich zusammenzuckte. Es war mir unendlich peinlich.

„Das Taschentuch kannst du mir gleich geben, ich möchte sowieso eine Maschine machen."

Sonja nahm mir das Taschentuch mit meinem Sperma aus der Hand und verschwand im Bad. Dort hielt sie sich eine ganze Weile auf, ohne, dass ich ein Geräusch hörte. Vorsichtig schlich ich mich an die Tür und illerte durch das Schlüsselloch. Sonja saß auf der Kloschüssel, in der einen Hand hatte sie mein Taschentuch und leckte mit der Zunge daran. Die andere Hand war zwischen ihren Beinen und streichelte ihre klatschnasse Muschi. Ich überlegte, ob ich ihr das eben erlebt heimzahlen sollte. Entschied mich dann aber doch, es lieber nicht zu tun.

Das an diesem Tag mit Sonja erlebte, ließ mich den ganzen restlichen Tag nicht los. Sogar nachts träumte ich davon. Ich träumte, dass während ich mich mit Mandy vergnügte, plötzlich die Tür aufging und ihre Mutter nackt neben uns stand. Mandy fragte mich in diesem Traum: „Na, möchtest du auch mal meine Mutter ficken?"

Ohne meine Antwort abzuwarten stieg sie von mir und Sonja nahm umgehend ihren Platz ein. Während ich es ihrer Mutter mit meinem mächtigen Schwengel besorgte, setzte sich Mandy auf mein Gesicht, sodass sie Sonja anschauen und küssen konnte. Meine Zunge leckte intensiv Mandys Kitzler und ihre Schamlippen. Ab und zu bohrte sie sich tief in ihre nasse Spalte und ich hörte, wie sie glücklich und befriedigt seufzte. Unaufhörlich rann Mandys Liebessaft, gemischt mit etwas Urin, in meinen Mund. In dem Moment als ich mich gerade auf dem Höhepunkt meiner Lust befand und in Sonjas Muschi abspritzen wollte, wachte ich auf. Was soll ich sagen, auf dem Bettlaken befand sich ein großer Fleck von meinem Sperma. Ich hoffte sehr, dass Mandy mich in jener Nacht einmal in Ruhe lassen würde, damit ich ihr nichts erklären müsste. So kam es dann auch, Mandy kam von dem Treffen mit ihrer Freundin erst sehr spät nachhause und war dann zu müde für einen Fick mit mir.

Am nächsten Tag fragte mich Sonja ganz lieb, ob ich ihr das Fotobuch erstellen würde. Gern sagte ich zu und begann wenig später auch schon mit der Arbeit. Bereits nach zwei Tagen war ich fertig damit und nach einer Woche kam es dann mit der Post an. Das fertige Fotobuch hatte Sonja sehr gut gefallen und sie versprach mir, sich dafür zu revanchieren.

*

Eines Nachmittags brachte Mandy eine Freundin, die Yvonne, mit nach Hause. Die zierliche und sehr niedliche, brünette Yvonne war sehr schüchtern und redete kaum. Mandy und Yvonne tuschelten anfangs viel miteinander. Sie redeten so leise, dass ich nicht verstand, um was es ging. Mir fiel nur auf, dass sie ständig zu mir herüber schauten. Wir tranken zusammen Kaffee und anschließend rückte Mandy mit der Sprache raus.

„Du David, Yvonne ist noch Jungfrau."

„Oh, und was habe ich damit zu tun?"

Yvonne hat Angst vor Männern. Sie hat Angst von einem Grobian entjungfert zu werden, der es nicht verdient hat und den sie nicht gern hat."

„Ja, das kann ich nachvollziehen. Und nun?"

„Ich habe Yvonne viel von dir erzählt und, dass du ein ganz zärtlicher Mensch bist. Möchtest du Yvonne zur Frau machen?"

Ich war so geschockt, dass mir die Worte fehlten.

„Was?", fragte ich. „Das kann ich doch nicht machen. Wir kennen uns doch gar nicht."

„Das macht nichts. Ich habe soeben mit Yvonne gesprochen. Sie findet dich sehr sympathisch und hübsch und könnte es sich vorstellen, von dir entjungfert zu werden."

„Da muss ich erst einmal eine Nacht darüber schlafen."

„Das geht nicht, jetzt sofort."

Mandy lotste uns in mein Zimmer. Yvonne zog sich nackt aus und legte sich auf mein Bett.

Ich wusste nicht, wie ich regieren sollte, schließlich war es für mich das erste Mal, dass ich mich in solch einer Situation befand. Ich zog mich auch nackt aus und mein Schwanz hatte eine enorme Erektion. Das muss die Vorfreude gewesen sein. Yvonne musterte ängstlich meinen großen Penis.

„Leck sie am besten erst einmal, damit sie auf Touren kommt und du dann besser in ihre Möse eindringen kannst", schlug Mandy vor.

Eigentlich wäre dies nicht notwendig gewesen, denn Yvonnes Pussy war bereits pitschnass, so geil war sie. Dennoch erfüllte ich ihren Wunsch und leckte sie gründlich. Vielleicht etwas zu gründlich, denn bereits nach wenigen Augenblicken begann ihre Möse zu pulsieren.

Sofort sagte Mandy: „Das reicht. Sie ist ja schon heiß wie Frittenfett. Du kannst jetzt loslegen. Sei bitte ganz vorsichtig. Sie wird sicher sehr eng sein."

Ich kniete mich vor das Bett und platzierte Yvonne so, dass sie mit ihren Füßen den Boden berührte. Ich nahm meinen Schwanz in die Hand und führte die Eichel etwa zwei bis drei Zentimeter zwischen ihre kleinen Schamlippen. Yvonne hatte die Augen geschlossen und ihren Mund leicht geöffnet. Ich hörte sie atmen. In dieser Position verharrte ich eine ganze Weile. Weiter hinein traute ich mich zunächst nicht.

„Los, mach schon, weiter rein!", forderte mich Mandy auf.

Langsam bewegte ich meinen Schwengel weiter in ihre Vagina. Millimeter für Millimeter. Plötzlich spürte ich ein Hindernis. Das muss ihr Hymen gewesen sein. Die Situation machte mich so geil, dass ich aufpassen musste, nicht schon wieder vorzeitig abzuspritzen, bevor ich meine Aufgabe erfüllt hatte. Ich schaute Mandy fragend an. Sie nickte. Auch Yvonne flüsterte: „Ich bin bereit. Mach es endlich! Los!"

Die einzige Frage, die ich mir nun stellte, war: Soll ich nun langsam stoßen oder fest und mit einem Ruck? Ich entschied mich für Letzteres und Yvonne stöhnte laut auf. Das Werk war vollbracht. Von nun an wurden meine Bewegungen vorsichtiger und das Gefühl soeben ein Mädchen zur Frau gemacht zu haben, erregte mich derart, dass ich nun nicht mehr an mir halten konnte. Schnell zog ich meinen Penis aus ihrer blutenden Vagina und spritzte mein Sperma auf Yvonnes Bauch. Ich schaute Yvonne in die Augen. Sie lächelte und sagte: „Danke. Das hast du toll gemacht."

*

Ein paar Tage später kam ich nachmittags nachhause und sah, dass Mandy und Yvonne im Garten waren. Yvonne lag auf einer Liege, Mandy kniete davor zwischen ihren gespreizten Beinen und leckte Yvonne die Möse. Eigentlich wollte ich sie eine Weile beobachten, doch Yvonne hatte mich gleich bemerkt. Sie tippte Mandy an, diese sprang sofort auf und kam zu mir.

„Das ist nicht das, was du denkst. Wir sind nicht lesbisch. Jetzt, wo sie keine Jungfrau mehr ist, wollte sie gern wissen, wie sich das anfühlt, wenn sie jemand da unten leckt. Bisher hatte sie keinen Freund, der das getan hat, da habe ich mich geopfert."

„Geopfert hast du dich also."

„Ja, wer hätte es sonst tun sollen. Moment, ich wüsste da jemand."

„Nein, nein, nicht schon wieder ich. Sucht euch jemand anderes. Obwohl, hübsch ist Yvonne ja und sie sieht auch gut aus. Was bekomme ich dafür?"

Du kannst dir was aussuchen. Wir werden schon eine schöne Belohnung für dich finden", schmunzelte Mandy schelmisch.

Ich hatte mich also breit schlagen lassen und kniete mich sofort zwischen Yvonnes Beinen auf den Boden. Ohne großes Tamtam begann ich sofort, ihren Kitzler zu liebkosen und mit meiner Zunge ihre Schamlippen zu lecken. Immer schneller wurden die Bewegungen meiner Zunge und immer feuchter wurde Yvonnes Möse. Plötzlich schoss ein intensiver Strahl Urin aus ihrer Möse. Damit hatte ich nicht gerechnet und Mandy sagte im selben Augenblick: „Das ist Yvonnes Geschenk für dich. Ist das okay so?"

Ich nickte freudig und versuchte ihr Wasser mit meinem Mund aufzufangen, was mir fast vollständig gelang. Die Mädels hatten hundertprozentig meinen Geschmack getroffen und ich freute mich sehr.

*

Etwa eine Woche kam Mandy anschließend nicht mehr nachts in mein Bett. In mir kamen schon Schuldgefühle auf und ich machte mir Gedanken, ob ich vielleicht etwas falsch gemacht hätte. Doch ich machte mir umsonst Gedanken. In der nächsten Nacht kam Mandy wieder angekrochen und es war alles beim Alten.

„Wollen wir uns nicht abwechselnd besuchen, einmal komme ich zu dir und das nächste Mal kommst du zu mir? Mein Bett ist auch bequem und wir haben etwas Abwechslung."

„Wenn du meinst, ich komme auch gern mal zu dir."

„Okay, prima. Dann erwarte ich dich morgen um 23 Uhr bei mir.

Am nächsten Abend schlich ich mich pünktlich in Mandys Zimmer. Es war stockdunkel, nur schemenhaft konnte ich etwas erkennen. Ich sah Mandy auf dem Rücken und mit weit gespreizten Beinen auf dem Bett liegen. Sie flüsterte ganz leise: „Komm schon, ich warte auf dich."

Im Handumdrehen schwoll mein Penis an und ich legte mich zu Mandy ins Bett. Ich wollte nicht unnötig Zeit verlieren, kniete mich zwischen ihre geöffneten Beine und begann zunächst ihre klaffenden Schamlippen und ihren Kitzler zu lecken. Doch Mandy wollte, dass ich gleich zum Wesentlichen komme und flüsterte: „Komm schon, fick mich, ich halte es nicht mehr länger aus."

Ihre Bitte konnte ich natürlich nicht abschlagen und führte langsam meinen Schwengel in ihre gierige feuchtwarme Möse. Ihr zufriedener Seufzer verriet mir ihr Glücksgefühl dabei. Nach und nach wurden meine Stöße intensiver. Ich legte Mandys Beine über meine Schultern, sodass mein Penis weit in sie eindringen konnte. Es war ein wunderbares und sehr erregendes Gefühl. Ich leckte an ihren Füßen und nahm ihre Zehen in den Mund, was mich noch geiler werden ließ. Mandys Stöhnen wurde immer lauter und ich hatte Angst, dass Sonja uns hören könnte. Nach wenigen Minuten verriet mir das Pulsieren in ihrer Vagina, dass sie einen intensiven Höhepunkt hatte. Auch ich ließ meinen Gefühlen freien Lauf und entleerte mich in ihre zuckende Möse.

„Das war so schön. Komm leg dich auf den Rücken. Wir machen es gleich noch einmal", hauchte mir Mandy ins Ohr.

Schnell wechselten wir die Stellung. Ich legte mich auf den Rücken und Mandy in 69-er Stellung auf mich. Mandy tat ihr Bestes, um meinen Schwanz schnell wieder aufzurichten und, nachdem ich mein eigenes Sperma aufgefangen hatte, welches aus ihre offenen Möse tropfte, schleckte ich ihre Möse und ihre Liebesperle.

„Lass uns bitte kurz unterbrechen. Ich muss mal dringend", bat ich.

Doch Mandy ignorierte meine Bitte. Stattdessen meinte sie: „Ich lass dich jetzt nicht gehen. Lass es einfach laufen. Ich kümmere mich schon darum."

„Wie jetzt? Was meinst du?", fragte ich erstaunt, obwohl ich bereits ahnte, was sie damit bezwecken wollte. Ich sollte ihr tatsächlich in den Mund pullern.

Sie drückte mit einer Hand auf meinen Bauch, genau an der Stelle, wo sich im Inneren meine Blase befindet und gleichzeitig schoss ein kleiner, aber intensiver Strahl Pipi aus ihrer Muschi.

„Das meine ich", flüsterte Mandy.

Ich schluckte hastig, damit nichts aufs Bett lief und entspannte den Schließmuskel meiner Blase. Mandy begann zu schlucken und auch sie öffnete ihre Schleusen. Wie ein kleines Rinnsal rann ihr Wasser in meinen Mund. Ich bemühte mich, alles aufzufangen und runterzuschlucken, was mir auch hervorragend gelang. Als wir unsere Blasen entleert hatten, verhalf Mandy meinem Penis, wieder groß und stark zu werden und hopste danach schnell auf mich. Mit einem geschickten Griff platzierte sie meinen Schwengel an die klaffende und tropfende Öffnung ihrer Möse und senkte ihren Unterleib anschließend gefühlvoll, sodass mein Penis bis an die Wurzel in ihrer geilen Vagina verschwand.

In dieser Position verharrten wir einige Zeit. Mandy beugte sich zu mir herab. Ihre Brüste berührten meinen Körper und wir küssten uns innig. Langsam begann sie sich zu bewegen und auf mir zu reiten. Immer schneller wurde sie und schon bald war es wieder da, dieses geile Gefühl einer pulsierenden Vagina. Ihr Orgasmus war kurz aber intensiv. Ich konnte noch nicht wieder ejakulieren. Doch die erfahrene Mandy kramte tief in ihrer Trickkiste und verwöhnte meinen Schwengel nach allen Regeln der Kunst mit ihrem Mund und ihrer schnellen Zunge. So dauerte es auch nicht lange, bis ich mich mehrfach in ihren saugenden Mund entleerte.

Kurz darauf ließ Mandy die Bombe platzen. Das Licht der Stehlampe ging an und ich bekam den Schreck meines Lebens. Nicht mit Mandy vergnügte ich mich, sondern mit Sonja.

„Hey, spinnst du? Was soll das? Bist du wahnsinnig? Das dürfen wir nicht", regte ich mich auf.

„Bleib ruhig. Ich hatte dir doch versprochen, mich für das Fotobuch zu revanchieren. Nun sind wir quitt."

Ich war sprachlos. Nicht, dass es mir nicht gefallen hätte. Diese Nacht werde ich wohl in meinem ganzen Leben nicht vergessen. Aber diese Dreistigkeit von ihr, wie sie mich, zusammen mit Mandy, überrumpelt hat. Und ich habe es nicht einmal gemerkt. Ich kam mir benutzt vor und ohne ein Wort zu sagen, verschwand ich in meinem Zimmer. Dort lag Mandy im Bett und schlief bereits fest. Ich legte mich zu ihr und kuschelte mich von hinten an sie heran. Sie war nackt und mein Schwanz zeigte schon wieder Gefühle. Doch mein Kopf ignorierte sie und nach kurzer Zeit war ich eingeschlafen.

8. Kapitel

Das mit mir und Mandy ging ein paar Monate so weiter, bis sich von heute auf morgen alles änderte. Was war geschehen? Als ich eines Tages nach Hause kam, wirkte Mandy wie verändert. Ihre Haare waren lockig, ihre Augen geschminkt und auf den Wangen hatte sie Rouge aufgetragen. Sie trug sogar einen kurzen Rock und dazu ein recht sexy Oberteil. Wenn sie an mir vorbeiging verbreitete sie eine Duftwolke eines guten Parfums.

„Hey Mandy, was ist denn mit dir passiert?", fragte ich erstaunt.

„Hallo David, hör' zu, ich habe einen netten Jungen kennengelernt. Ich glaube, das ist die große Liebe. Ich hoffe, du bist mir nicht böse. Aber das mit uns hätte sowieso nicht auf Dauer so weitergehen können."

Für einen kurzen Moment wusste ich nicht, was ich dazu sagen sollte. Ich lief im Zimmer hin und her und suchte nach Worten. Schließlich sagte ich: „Toll, ich freue mich für dich. Ich wünsche dir alles Gute und hoffe, dass es der Richtige ist."

„Danke", sagte sie und gab mir einen Kuss auf den Mund.

„Da gibt es nur noch ein kleines Problem", sagte Mandy nachdenklich.

„Und das wäre?", fragte ich neugierig.

„Wir haben noch nie miteinander geschlafen. Und ich möchte es so gern. Aber ich habe auch ein wenig Angst. Ich weiß nicht, wi9e ich mich richtig verhalten soll. Du kannst mir sicher auch nicht helfen."

„Diese Entscheidung kann ich dir leider nicht abnehmen. Damit musst du schon selbst klarkommen. Tu mir aber bitte einen Gefallen. Überstürze es nicht. Lass dir Zeit."

*

Eigentlich war ich ja immer der Meinung, dass es keine Zufälle gibt, doch dieser Montag in jenem Jahr lehrte mir das Gegenteil. Gerade hatte ich mein Gespräch mit Mandy beendet, klingelte es an der Tür. Als ich die Tür öffnete blieb mir fast die Luft weg. Nancy stand vor der Tür und schaute mich mit treuen Hundeaugen an.

„David, ich muss dringend mit dir reden."

„Komm doch rein, Nancy. Darf ich vorstellen, das ist Mandy, meine Stiefschwester in spe. Was ist passiert?"

„Können wir in dein Zimmer gehen?"

„Na klar."

Wir gingen also in mein Zimmer und setzten uns. Dann begann Nancy zu erzählen. Sie berichtete davon, dass ihre Beziehung mit Katja in die Brüche gegangen ist. Sie hatte erkannt, dass sie doch besser mit Männern zusammen wäre. Deshalb bat sie mich, ihr noch einmal eine Chance zu geben. Nach langer Diskussion willigte ich schließlich ein. Ich freute mich riesig, denn insgeheim musste ich sehr oft noch an Nancy denken. Wir habe auch darüber gesprochen, wie es mit ihrer Nymphomanie weitergegangen ist. Nancy sagte, dass Katja ihr dabei sehr geholfen hat. Endlich würde sie wieder ein normales sexuelles Verlangen spüren.

Am Ende unseres ausführlichen Gespräches einigten wir uns darauf, es noch einmal mit einander zu versuchen. Ein paar Tage später wollte Nancy bei uns einziehen.

*

Bevor Nancy bei uns einzog, hatte ich noch ein, sagen wir mal krönendes, sexuelles Erlebnis mit meinen beiden Mädels. Es war gleichzeitig auch das letzte derartige Abenteuer. Ich finde aber, dass es wert ist, darüber zu berichten.

In dieser Zeit gab es ein allabendliches Ritual bei uns. Wir, das heißt Mandy und ich joggten jeden Abend zirka eine Stunde durch den Park. Ab und zu gesellte sich auch Sonja dazu, wie an jenem Abend. Es war der letzte Abend, bevor Nancy bei uns einziehen sollte.

Mandy und ich verließen gegen 18 Uhr das Haus. Wie an jedem Tag hatte sie ihre blonden Haare mit einem Gummi zu einem Pferdeschwanz zusammengebunden. Sonja wollte etwa eine halbe Stunde später allein joggen. Sie war an diesem Abend länger in der Firma, weil Vater auf Dienstreise war und es noch Einiges zu erledigen gab.

Mandy hatte etwa den gleichen Laufrhythmus wie ich und wir liefen meist nebeneinander her. Doch an diesem Tag ließ sie sich etwas zurückfallen. Ich drehte mich um und fragte: „Was ist los? Wo bleibst du?"

„Ich muss mal ganz dringend."

Ihr verbissener Blick verriet mir, dass es ganz dringend war.

„Na, dann mach schon. Ich warte dann einfach."

„Das geht nicht. Hier kommen ständig Leute und auch viele Radfahrer."

„Lass es doch einfach laufen. Sieht eh keiner", scherzte ich. „Es ist ja fast dunkel."

Wenig später war Mandy wieder auf gleicher Höhe, wie ich.

„Ich denke, du musst mal", fragte ich.

„Geht schon wieder. Ich habe es rausgeschwitzt."

„Okay, wenn das bei dir so einfach geht. Prima."

Als wir zuhause ankamen, steuerte Mandy gleich das Bad an. Wir hatten vereinbart, dass zuerst Mandy duscht und, wenn Sonja mitlief, anschließend sie. Ich ließ also den Mädels den Vortritt, so wie sich das für einen Kavalier gehört. Doch an diesem Tag war alles anders. Als Mandy vor mir lief, sah ich, dass sie eine nasse Sporthose anhatte.

„Hey, du hast mich ja belogen. Du hast es gar nicht rausgeschwitzt, du Schlitzohr."

Mandy drehte sich um und lächelte.

„Wie du das wohl wieder rausgefunden hast? Möchtest du mir das nasse Höschen ausziehen?"

Mit dieser Frage traf sie einen wunden Punkt bei mir. Sie wusste genau, dass ich darauf stand. Sofort regte sich etwas in meiner Hose, was eine enorme Beule verriet.

„Das lass ich mir nicht zweimal sagen. Darf ich mit ins Bad kommen?"

„Na, komm schon. Ab morgen wird hier sowieso alles anders."

Wir gingen zusammen ins Bad und ich wollte mich gleich an ihre Hose machen.

„Warte, nicht so schnell. Zieh mir zuerst das T-Shirt aus."

Mandy hob ihre Arme und streckte sie nach oben. Von ihren Achseln stieg ein leichter Schweißgeruch aus. Nachdem ich ihr schweißgebadetes Shirt ausgezogen hatte streifte ich ihr auch den Sport-BH ab. Ihr ganzer Oberkörper war nass. Schweißperlen liefen herunter. Ich leckte sie ihr ab und mit beiden Händen hielt ich ihre Arme nach oben, damit ich ihre Achseln lecken konnte. Nun zog ich meine Sporthose und auch meine Unterhose aus. Mandy schaute auf meinen erigierten Penis, auf dem bereits Sehnsuchts-Tröpfchen zu sehen waren.

„Komm, zieh mir fix die nasse Hose aus", forderte mich Mandy auf.

Während ich ihr Sporthose und Slip auszog, staunte ich nicht schlecht: „Du hast es also doch einfach laufen lassen. Wie geil."

„Ja, es ist mir alles an meinen Beinen runtergelaufen. Es war ein schönes und warmes Gefühl, vor allem schön nass. Aber das hat mir nichts ausgemacht. Ich habe bestimmt eine nassen Spur hinter mir her gezogen."

Ich roch an ihrem Slip. „Dass du ins Höschen gepullert hast, kannst du nicht verleugnen."

Ihr Slip roch nicht nur nach Urin, es war ein Konvolut von mehreren Gerüchen auf einmal, wie Urin, Schweiß und Mösensekret. Doch der Duft, der von dem Slip ausging, erregte mich. Ich schnappte mir ein paar Handtücher und breitete sie auf dem Boden des Bades aus.

„Komm, leg dich auf den Rücken. Das willst du doch auch."

Mandy folgte meinem Wunsch und spreizte weit ihre Beine. Ihre Schamlippen waren weit geöffnet und glitzerten vor Nässe. Ich nahm meinen Penis in die rechte Hand und führte in langsam in ihre feuchtwarme Vagina ein. Mandy stöhnte leise: „Das ist schön. Stoß fest zu, ich bin so geil."

„Weißt du eigentlich, dass du jetzt gerade deinen Freund betrügst?"

„Halt deinen Mund. Ich möchte nicht daran denken. Ich schwöre, ich werde es nie wieder tun. Außerdem betrüge ich nicht, ich sammle Erfahrungen."

„Ach so siehst du das. Auch nicht übel."

Ihre Beine legte ich über meine Schultern und küsste ihre Füße. Jeden Zeh nahm ich einzeln in den Mund und leckte den salzigen Schweiß ab. Ihre Füße rochen nicht etwa nach Fußschweiß, sondern nach Turnschuhleder. Ich versuchte alles nur Mögliche, um meinen Samenerguss so lange, wie möglich hinauszuzögern. In Gedanken ging ich noch einmal die letzte Klausur in Mathe durch und kam zu dem Schluss, dass ich wahrscheinlich verkackt hatte. Letztendlich war es auch so. Aber egal, mein Penis leistete heute zufriedenstellende Arbeit, welche sich nach ein paar Minuten dadurch auszeichnete, dass Mandys Möse heftig anfing zu zucken und das unter uns liegende Handtuch nass machte.

„Ich glaube, wir sollten an dieser Stelle unterbrechen. Deine Mutter müsste jeden Augenblick kommen", schlug ich vor.

„Okay, du hast Recht. Lass mich bitte zuerst unter die Dusche. Ich glaube, ich habe es nötiger."

Mandy stieg in die Dusche und drehte das Wasser auf. Ich setzte mich nackt auf die Klobrille.

„Beeil dich", wollte ich Mandy antreiben. „Ich bin auch sehr verschwitzt. Ich möchte fertig sein, wenn deine Mutter kommt. Sie soll nichts Böses von uns denken."

Doch wir hatten die Rechnung ohne den Wirt gemacht. Plötzlich ging die Tür auf und Mandys Mutter stand mitten im Bad.

„Oh, ihr seid ja noch gar nicht fertig. Was habt ihr solange gemacht? Ihr seid doch sicher schon eine halbe Stunde vom Joggen zurück?"

Mir fiel nichts Passenderes ein, als mich damit herauszureden, dass ich mir mein rechtes Bein verstaucht hatte und wir den letzten Kilometer zu Fuß gehen mussten.

Sonja schaute zwar zunächst etwas ungläubig, schien es aber letztendlich zu glauben.

„Da hast du sicher jetzt Probleme beim Laufen und musst dich schonen."

Ich nickte. Sie zog sich vor mir nackt aus.

„Ich muss mal ganz dringend. Du kannst ruhig sitzen bleiben mit deinem Fuß. Du brauchst nur deine Beine etwas zu spreizen. Dazwischen ist noch genug Platz für mein Pipi."

Gesagt, getan. Sie setzte sich auf meine Beine und schon spritzte ihr Wasser zwischen meinen Beinen hindurch ins Klobecken. Mandy beobachtete uns während sie duschte und konnte kaum glauben, was ihre Mutter mit mir veranstaltete. Gab jedoch keinen Kommentar ab.

„Das tut gut", frohlockte Sonja. „Das war aber auch höchste Zeit. Ich wollte ja im Park mal hinter die Büsche gehen, aber da kamen ständig irgendwelche Leute."

„Stimmt, das ging Mandy auch so", gab ich ihr Recht.

Sonjas heftigem Strahl nach zu urteilen, hätte sie es sicher keine drei Sekunden mehr ausgehalten. Auch bei ihr spürte man, dass sie soeben einige Kilometer gejoggt sein muss. Ihr Körpergeruch war etwas streng, sogar noch heftiger als bei Mandy. Während Sonja ihre Blase entleerte schwoll mein Penis etwas an und berührte Sonja an ihrer Vagina. Ihr Strahl massierte meinen Schwanz und das erregte mich. Sonja bekam sofort mit, was sich da bei mir unten abspielte und hielt für einen Moment inne.

„Das gefällt dir, stimmt es?"

„Das weißt du doch, frag nicht so doof", grummelte ich.

„Ab morgen herrschen hier aber andere Gesetze, wenn Nancy hier eingezogen ist."

Sonjas Worte klangen so, als ob sie etwas traurig wäre.

„Warten wir es ab", versuchte ich Sonja zu trösten. „Nancy ist ein ganz geselliger Typ."

Die Spitze meines Schwanzes befand sich nun genau zwischen ihren geöffneten Schamlippen. Sie hinderten ihn förmlich am weiteren Wachsen. Eine kleine Bewegung, eine Unachtsamkeit und mein Schwanz hätte in Sonjas Möse eindringen können. Sonja wusste in diesem Augenblick genau, was sie tat. Sie umarmte mich und rutschte dadurch etwas näher an mich heran. Dadurch konnte auch mein Penis ein paar Zentimeter in ihre Vagina eindringen. Nun pieselte Sonja weiter und alles lief an meinem Penis entlang und reizte ihn noch mehr. Während ich mich vor ein paar Minuten bei Mandy noch geschickt zurückhalten konnte, war ich nun kurz vor dem Abspritzen. Dies spürte auch Sonja und ließ meinen Schwengel langsam aus ihrer Pussy herausgleiten. Kaum befand er sich wieder im Freien, spritzte ich auch schon los und Sonja meinte: „So, das haben wir geschafft. Jetzt fühle ich mich besser. Du auch?"

„Witzbold", sagte ich nur und lächelte.

Sonja stand auf.

„Was ich noch fragen wollte. Warum liegen eigentlich so viel Handtücher auf dem Boden?"

„Ach, das ist", stammelte ich während ich mit Toilettenpapier meinen Penis abtrocknete, „weil ich Mandy noch ein paar Übungen für ihren Rücken zeigen wollte. Sie klagte in letzter Zeit häufig über Rücken-schmerzen."

„Das leuchtet mir ein. Schön, dass du dich so rührend um sie kümmerst."

In der Zwischenzeit war Mandy fertig, stieg aus der Dusche und fragte: „Na ihr, wer will als Nächster?"

„Ladys First, ich lass deiner Mutti den Vortritt."

„Danke David", freute sich Sonja. „Kannst du bitte schon mal unsere Sportsachen da in die Schüssel tun und mit etwas Waschmittel einweichen."

„Mach ich doch gern", erwiderte ich.

Ich nahm die Schüssel, füllte etwas warmes Wasser und Waschpulver hinein. Doch bevor ich die Sportsachen der Mädels hinein tat, roch ich noch einmal kräftig an deren Zwickeln. Der betörende Duft gefiel auch meinem Schwanz, der schon wieder an Größe zunahm, was Mandy nach dem Abtrocknen auch umgehend mitbekam.

„Willst du etwa schon wieder?", fragte sie flüsternd.

„Lass mich erst einmal duschen gehen. Dann kannst du mich noch einmal fragen."

„Habe ich das jetzt richtig gesehen? Meine Mutter hat gerade gepinkelt, obwohl du auf dem Becken gesessen hast?"

„Ja, das hast du richtig gesehen. Sie musste so eilig, dass ich so schnell nicht aufstehen konnte. Es ist aber nichts danebengegangen. Sie hatte ihren Strahl gut unter Kontrolle."

„Na prima. Ich hoffe, du deinen Schwanz auch."

„Klar, was denkst du denn."

Nachdem wir alle geduscht hatten, aßen wir Abendbrot und danach waren wir alle so geschafft, dass wir nur noch auf der Couch rumlungerten und uns vom Fernseher berieseln ließen.

Eigentlich wäre mein Buch jetzt zu Ende. Mandy war von nun an fast nur noch mit ihrem Freund Eric zusammen, den sie zwei Jahre später auch heiratete. Auch Nancy und ich heirateten fast zur gleichen Zeit. Und Vater brauchte keine Dienstreisen mehr zu machen. Er bekam einen anderen Job, da er zunehmend gesundheitliche Probleme bekam. Sonja und Vater heirateten ein Jahr später. Somit bekommt das Buch noch ein happy end.

Ein Erlebnis ist aber noch erwähnenswert. Es war das erste Wochenende, nachdem Nancy bei uns eingezogen war. Vater bestritt seine letzte Dienstreise. Er war für mehrere Wochen in Russland. Seine Firma baute dort ein neues Werk auf. Ich war also mit Nancy und Sonja alleine. Das Wetter an diesem Julitag war super, mehr als dreißig Grad im Schatten und wir drei fuhren am Samstagmorgen in unser Wochenendgrundstück. Gleich nachdem wir dort ankamen, begaben wir uns an den See. Es war noch sehr zeitig am

Morgen, sodass wir fast die Einzigen waren. Die Anderen waren quasi außer Sichtweite. Einstimmig beschlossen wir diesmal an den Nacktstrand zu gehen. Nachdem wir uns gegenseitig eingecremt hatten, beichtete mir Nancy, dass sie ein Buch vergessen hatte. Sie hatte in der darauffolgenden Woche eine wichtige Klausurarbeit und wollte sich ein wenig vorbereiten. Sie zog sich wieder an und ging noch einmal zurück in unsere Wohnung. Der Weg zum Haus dauerte etwa 15 Minuten.

Sonja, das Schlitzohr, nutzte diese Situation sofort für sich aus. Sie kam ganz nah zu mir heran, ich lag auf dem Rücken und las in einer Illustrierten.

„Jetzt sind wir eine halbe Stunde ganz alleine, David, und du musst die ganze Zeit auf deine geliebte Nancy verzichten."

„Wie meinst du das? Sie ist doch gleich wieder zurück."

„Ich bin schon drei Wochen alleine, ohne deinen Vater. Das ist sehr schwer für mich. Er fehlt mir sehr. Vor allem fehlt mir der Sex."

Sonja nahm meine rechte Hand und führte sie zwischen ihre Beine, direkt an ihre Vagina.

„Spürst du, wie nass ich dort bin? Spürst du meine Sehnsucht? Kannst du mich etwas verstehen? Weißt du, was ich sehr dringend brauche?"

„Klar kann ich dich verstehen, aber was kann ich dabei tun?", fragte ich, obwohl ich genau wusste, worauf das Gespräch hinausführen würde.

Sonja streichelte meinen Schwanz, worauf er gleich an Größe und Härte zunahm. Ich legte meine Illustrierte beiseite.

„Bitte, David, schlaf mit mir. Ich mache auch alles so, wie du es gern möchtest."

„Was meinst du?"

„Frag nicht so doof, ich mach dich auch nass dabei. Komm schon, wir haben nicht mehr viel Zeit. Möchtest du nun, oder nicht?"

Ohne eine Antwort abzuwarten schwang sich Sonja auf mich, zog die Decke unter uns weg und führte mit ihrer rechten Hand meinen steifen Schwengel in ihre tropfende Vagina. Gott sei Dank konnte uns keiner sehen. Sofort begann sie wie wild auf mir zu reiten und ich versuchte, nicht zu kommen. Ich wollte alles für Nancy aufsparen. Nach wenigen Minuten verrieten mir die rhythmischen Zuckungen in ihrer Scheiden, dass sie einen intensiven Höhepunkt hatte. Wie versprochen begann sie nun, ihre Schließmuskeln zu öffnen und machte meinen ganzen Unterleib nass mit ihrem warmen Urin. Ein war unbeschreiblich schönes Gefühl, welches stärker war, als mein Wille. Ich konnte mich nicht mehr zurückhalten und spritzte mein Sperma in ihre immer noch pulsierende Möse. Ihre

Kontraktionen wollten gar nicht mehr aufhören, so erregt war sie. Plötzlich schaute sie auf die Uhr und sprang auf.

„Wir müssen aufhören, Nancy wird gleich hier sein. Komm wir gehen schnell ins Wasser."

Wir sprangen auf und eilten in das kühle Nass des Sees. Als wir zurückkamen lag Nancy bereits auf der Decke und wartete auf uns.

„Na, wie ist das Wasser?", fragte sie in die Runde.

„Herrlich", antworteten wir nahezu gleichzeitig.

„Wovon ist eigentlich der nasse Fleck neben der Decke?", fragte Nancy.

„Ach, ich habe mir vorhin etwas Wasser aus der Flasche über meinen Kopf gegossen, weil mir so heiß war", antwortete ich ihr wie aus der Pistole geschossen.

Nancy schaute etwas ungläubig. „So, so."

Sonja und ich legten uns auf die Decke. Ich schaute wieder in meine Zeitschrift und Sonja wollte einen kurzen Mittagsschlaf halten. Nach kurzer Zeit hatte ich keine Lust mehr zum Lesen und kuschelte mich ganz nah an Nancy, die neben mir auf der Seite lag und in ihrem Buch las. Meine Hände suchten ihre Brüste und streichelten sie. Mein Schwanz regte sich und Nancy flüsterte: „Ich spüre da was Hartes an meinem Po. Sucht dieses harte Etwas etwa den Eingang zwischen meinen Schamlippen?"

„Warte ich frag ihn mal."

„Na komm schon! Sonja schläft gerade. Ich höre sie leise schnarchen."

Ich dirigierte meinen erigierten Penis langsam in ihre feuchte Vagina. Nancy hielt sich den Mund zu. Vorsichtig bewegte ich mich rein und raus. Doch Nancy war das zu wenig.

„Fester, schneller", flüsterte sie.

Doch mir war die Stellung zu unbequem und die Situation mit Sonja neben uns zu ungünstig. Langsam begann mein Schwanz zu schrumpfen und Nancy war traurig.

„Oh, schade, ich war kurz davor. Komm lass uns auch ein Schläfchen machen."

Nachdem Nancy weggeduselt war, breitete eine junge Frau etwa zehn Meter neben uns ihre Decke aus. Ich wunderte mich, warum sie sich so nah bei uns platzierte, aber das muss ja jeder selbst wissen. Nachdem sie sich nackt ausgezogen hatte, legte sie sich mit dem Rücken auf die Decke. Ich sah ihre prallen Brüste mit den großen Warzen. Trotz der Hitze hatte sie harte große Nippel. Sie stellte ihre Beine auf und spreizte sie ein wenig. Ich konnte genau auf ihre Muschi schauen. Ihre Schamlippen waren ein wenig geöffnet. Ich schaute neugierig zu ihr hinüber und fand ihr Verhalten provozierend. Aber es erregte mich und ich war neugierig darauf, was da noch kommen würde. Plötzlich begann sie mit ihrer rechten Hand ihre Möse zu streicheln. Nicht nur zu streicheln, sie masturbierte regelrecht. Ab und zu verschwand ihr Mittelfinger in ihrer Spalte und bewegte sich. Sie schaute zu mir herüber und lächelte mich an. Mir war peinlich, dass mein Schwanz senkrecht in die Höhe ragte. Ich legte meine linke Hand darüber. Doch das änderte nichts an der Tatsache, dass mich die Situation anmachte. Unwillkürlich begann ich meinen Schwanz zu wichsen. Die Bewegungen der Frau wurden intensiver und schneller. Gleich mehrere Finger steckte sie in ihre Vagina, bis sie schließlich unter leisem Stöhnen auf ihre Decke spritzte. Nancy muss durch diese Geräusche aufgewacht sein. Sie drehte sich sofort zu mir um. Ich nahm schnell meine Hand von meinem Schwanz. Ich war jedoch in diesem Moment so erregt, dass ich auch ohne die Berührung meiner Hand in hohem Bogen abspritzte. Sogar im Gesicht traf mich mein Sperma. Nancy entdeckte sofort die Sahne auf meinem Körper und fragte: „Was ist hier denn los? Holst du dir etwa einen runter, während ich hier so friedlich schlafe?"

Nun entdeckte Nancy auch noch die hübsche, vollbusige Frau in unmittelbarer Nähe zu uns, welche mit gespreizten Beinen ihre Vagina präsentierte.

„Jetzt verstehe ich langsam", sagte Nancy. „Du hast dich an der Tussi aufgegeilt. Naja, sei es dir gegönnt. Ist ja auch ein geiler Anblick, wenn einem so eine schöne Möse präsentiert wird. Das lässt sogar mich nicht kalt. Aber im Augenblick habe ich andere Sorgen. Ich muss mal ganz dringend. Ich möchte aber nicht ins Wasser gehen."

„Warte, ich habe da eine Idee", schlug ich vor. „Wir räumen die Decke unter uns beiseite und legen uns auf den Bauch. Dann sieht es keiner. Sonja lassen wir schlafen."

„Tolle Idee."

Wir rollten also die Decke ein, bis hinter Sonja, die noch immer vor sich hin duselte. Dann legten wir uns auf den Bauch.

„Wollen wir uns nicht lieber auf die Seite legen und uns dabei anschauen?", schlug Nancy vor.

„Prima Idee."

Ich legte mich auf meine linke Seite, Nancy auf ihre rechte.

„Komm, leg deine Hand zwischen meine Beine, dann kannst du fühlen, wie ich pinkle", meinte Nancy.

Ich führte meine rechte Hand an Nancys Muschi und platzierte meinen Mittelfinger zwischen ihren geöffneten feuchten Schamlippen. Nancy, wiederum nahm meinen Schwanz in ihre rechte Hand."

„Na dann mal los", flüsterte Nancy. „Wasser marsch!"

Beide gemeinsam strullten wir los. Nancy dirigierte mit ihrer Hand meinen Strahl direkt auf ihren Körper und ihr Gesicht. Auch öffnete sie ihren Mund und fing einen Teil meines Urins auf. Ich steckte nun meinen Mittelfinger in ihre Vagina und tastete nach der Stelle, an der ihr Wasser rauskam. Ab und zu drückte ich meinen Finger fest auf das kleine Löchlein und konnte somit ihren Strahl stoppen oder wieder intensivieren. Das Gleiche tat Nancy, indem sie meinen Schwanz fest zusammendrückte. Wir hatten mächtig viel Spaß und kicherten dabei, wie kleine spielende Kinder. Auf einmal lenkte sie meinen Strahl unabsichtlich über ihren Körper. Der Strahl traf Sonja auf dem Rücken. Sie wachte sofort auf, drehte sich zu uns um und fragte: „Was macht ihr denn hier für Spielchen?"

„Wonach sieht es denn aus?", fragte Nancy zurück.

Sonja schaute uns noch einen Augenblick zu, dann waren unsere Blasen leer.

„Jetzt drückt mir aber auch gleich die Blase. Ich werde mal kurz ins Wasser gehen", meinte Sonja.

Ich wollte zu dem jungen Mädchen schauen, ob sie uns vielleicht die ganze Zeit beobachtet hat, doch sie war in der Zwischenzeit gegangen. Wir hatten nichts davon mitbekommen. Scheinbar war dies ein Hobby von ihr, Männer am See anzumachen. Ich sah sie später auch nie wieder.

„Ich habe eine andere Idee", schlug ich Sonja vor. „Die junge Frau ist weg. Uns sieht hier also niemand. Stell dich doch einfach breitbeinig über uns und piss uns an. Das wird sicher lustig und wir können uns gleichzeitig duschen."

Sonja fand meine Idee gut. Sie stellte sich mit weit gespreizten Beinen neben uns und zog mit beiden Händen ihre Schamlippen auseinander. Deutlich konnte ich ihr Piss-Loch sehen. Wie gespannt schaute ich auf diese Stelle, an der gleich eine Fontäne hervorschießen würde. Meine rechte Hand hielt meinen Schwanz, der schon wieder groß und steif war. Als Nancy dies sah, drückte sie meine Hand weg. Stattdessen übernahm sie die Hoheit über meinen Penis und wichste ihn. Dann war es soweit. Ein intensiver Strahl schoss aus Sonjas Mitte und traf zuerst mich mitten im Gesicht und dann auch Nancy. Wir lachten laut. Dann dirigierte sie ihren Strahl auf unsere Körper und machte uns beide von oben bis unten nass. Sie musste eine bis zum Eichstrich gefüllte Blase gehabt haben. Mich machte diese Situation so geil, dass ich durch die Bewegungen von Nancy Hand, ein weiteres Mal ejakulierte.

„Das war jetzt aber höchste Zeit", gestand Sonja, nachdem sich ihre Blase vollständig entleert hatte und seufzte erleichtert.

„Wir sollten jetzt gemeinsam ein Bad nehmen", „schlug ich vor, „und uns von unseren Sünden rein waschen."

Gesagt, getan wir sprangen auf und liefen so schnell wir konnten ins das erfrischende Nass.

Am Abend entschuldigte ich mich bei Nancy dafür, dass ich mich bei der jungen Frau aufgegeilt hatte und besorgte es ihr anschließend so richtig, dass ihr Hören und Sehen verging. Danach war das Geschehene vergessen und mein Buch zu Ende.

Auch im Verlag BOD erschienen

Lisa Stern

Feuchte Lippen, nasse Höschen

schlüpfrige erotische Geschichten

Leseprobe:

Das Zimmer, etwa 6x6 Meter groß, war gefüllt mit mehreren Männern und Frauen, alle waren sie nackt. Wie viele es genau waren, konnte ich nicht erkennen, nur erahnen. Vielleicht fünfzehn oder zwanzig. Keiner sprach ein Wort. Man verständigte sich in einer mir unbekannten Zeichensprache.

Die Frauen neben mir beugten sich über meinen Oberkörper. Ihre Brüste berührten meinen Oberkörper, meinen Busen. Hinter ihnen stand jeweils ein Mann, der sie von hinten nahm. Am Fußende meines Bettes erkannte ich schemenhaft eine kleine Schlange von Männern, die vermutlich alle darauf warteten, mich endlich vögeln zu dürfen. Doch bevor mich der nächste Mann nahm, kam erst mal eine etwas korpulente Frau, die mir genüsslich das angesammelte Sperma aus der Möse schlürfte. Nachdem sie nach gefühlten zwei Minuten wieder von dem Bett stieg, sah ich, dass sie schwanger war, in einem schon ziemlich fortgeschrittenen Stadium.

Weiter im Programm. Der nächste Mann stieß mir seinen Schwanz in meine Möse. Diesmal hatte ich ein ganz anderes Gefühl. Es war das Gefühl des Dringend-mal-pinkeln-müssens. Meine Bitte, mich doch mal kurz aufs Klo gehen zu lassen, wurde mittels Kopfschüttelns in den Wind geschlagen. Verstanden die etwa meine Sprache nicht? Ich zeigte mit meinen

Händen auf meine Möse, doch mein Flehen wurde nicht erhört. Bald würde ich wieder spritzen, doch dann würde es Urin sein. Hatte man es gar darauf abgesehen? War ich etwa deshalb immer noch mit den Füßen ans Bett gefesselt?

Wieder setzte sich eine Frau auf mein Gesicht. Ihre Möse schmeckte nach frischem Sperma. Es tropfte mir sogar in den Mund, doch ich ekelte mich nicht. Ich schleckte ihr genüsslich ihre Spalte, bis ich spürte, wie ihre Vagina pulsierte. Ich war einfach nur geil, steckte ihr zwei Finger in die triefende Möse und suchte ihren G-Punkt. Mit meiner anderen Hand drückte ich auf ihren Bauch. Doch ich konnte sie nicht zum Ejakulieren bringen. Stattdessen pinkelte sie mir auf die Hand. Ich drückte noch fester auf ihren Bauch. Der Strahl wurde stärker, traf mein Gesicht. Ich öffnete den Mund, versuchte alles zu schlucken. Ich war wie von Sinnen, konnte nicht mehr klar denken. Mein Gehirn arbeitet nicht mehr, ich funktionierte nur, gesteuert durch meinen fast schon perversen Sexualtrieb.

Der Mann, der mich gerade fickte, verströmte sich in meiner Vagina und mir war klar, dass es beim nächsten Mann passieren würde. Dann würde ich nämlich ebenso pinkeln, wie die Frau, die gerade über meinem Gesicht hockte. Doch das war mir schnurzegal. Der Gedanke daran, dass ich gleich ausströmen würde, machte mich nur noch geiler.

Lisa Stern

Schamlos und sexbesessen

schmutzige erotische Geschichten

Leseprobe:

Ich steckte meinen Mittelfinger in ihre nasse, von dem Gel glitschige, Spalte und hoffte, dass ich ihr es so recht machen würde.

„Ja, das ist gut", flohlockte sie. „Noch einen Finger!"

Ich nahm den Zeigefinger dazu und zusätzlich noch den Ringfinger. Ihre Vagina war sehr weit und ich hatte keine Mühe, in sie einzudringen. Jasmin bearbeitete unterdessen meinen Schwanz. Meine Erregung steigerte sich und ich war kurz davor, abzuspritzen.

„Mach es Jasmin von hinten!", forderte mich Theresa auf. „Ich will Euch zusehen. Du hältst es doch kaum noch aus."

Jasmin ließ meinen Schwanz los und drehte sich um, während sich Theresa auf den Beckenrand setzte. Mit beiden Händen drückte ich Jasmins Pobacken auseinander und erblickte ihre weit geöffnete, willige Vagina. Langsam drang ich in sie ein. Theresa sah uns begierig zu und massierte sich dabei mit der rechten Hand ihre Liebesperle, während drei Finger ihrer linken tief in ihrer Lustgrotte steckten und sie intensiv stimulierten. Meine Erregung war zu groß, um das Liebesspiel noch weiter ausdehnen zu können und so spritzte ich bereits nach wenigen Stößen meinen Saft in Jasmins Muschi.

„Komm jetzt her!", hörte ich Theresa rufen und es klang wie ein Befehl. „Nimm die Brause und richte sie auf meine Schnecke! Ich möchte, dass du es mir auch machst."

Ich nahm die Brause aus der bereits ein starker lauwarmer Strahl kam. Theresa spreizte weit ihre Schenkel und zog sich mit beiden Händen ihre großen Schamlippen auseinander. Ich sah ihren geschwollenen Kitzler und das rosa Fleisch ihrer lüsternen Möse. Ich zielte mit dem Strahl der Brause genau in ihre Mitte und versuchte sie damit zu massieren. Es dauerte nicht lange bis sie ihre ganze Lust aus sich herausschrie und ihr Unterleib anfing zu zucken. Ein Strahl ihres Liebessaftes traf mich mitten im Gesicht. Er schmeckte salzig und ich wusste, dass sie mich gerade vor lauter Geilheit anpinkelte.

Nun hatten wir alle unsere Freude gehabt und beendeten unser Bad. Nachdem wir uns abgetrocknet hatten, kam Theresa zu mir und fragte:

„Was hältst Du davon, wenn wir uns noch zehn Minuten in Bett legen und uns ausruhen?"

„Dagegen ist nichts einzuwenden", sagte ich und ahnte noch nicht, auf was ich mich da einließ. Kaum lagen wir alle drei im Bett, da fielen beide Frauen regelrecht über mich her, als hätten sie wochenlang keinen Sex gehabt.